KB075129

거룩한 삶

제임스 앨런의 생각 시리즈 ♠8

HEAVENLY LIFE

거룩한 삶

제임스 앨런 지음 · 고명선 옮김 · 김미식 그림

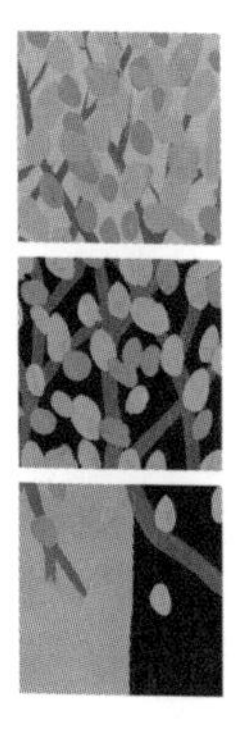

도서출판 물푸레

옮긴이 | 고명선

고명선은 서울대학교 심리학과를 졸업하고, 동 대학원에서 종교학 석사 학위를 받았으며, 종교학 박사 과정을 수료했다. 명상요가회 동아리에서 활동하면서부터 명상에 관심을 갖게 된 이후 지금까지 동서양의 명상 전통을 폭넓게 공부해왔다. 역서로는 『상자 안에 있는 사람, 상자 밖에 있는 사람』,『당신이 어디를 가든 거기엔 당신이 있다』, 『생각하는 모습 그대로 II』가 있다.

그림 | 김미식

김미식은 1958년 여주에서 태어나 자신만의 그림 세계를 열정적으로 펼쳐가고 있으며, 그동안 다수의 개인전과 그룹전을 열었다. 주요 개인전을 보면 2005년 인사아트센터, 2005년 뉴욕 첼시아트센터, 2006년 KBS 등이 있으며 2009년 5월 1일 일본 동경에서 기획전이 열린다. 또한 도서출판 물푸레와 공동으로 '영국이 낳은 신비의 작가 제임스 앨런과 여류화가 김미식의 현대미술의 만남' 이란 주제로 《제임스 앨런 생각시리즈》를 진행하고 있다.

거룩한 삶

지은이 | 제임스 앨런
옮긴이 | 고명선 그림 | 김미식
펴낸이 | 우문식
펴낸곳 | 도서출판 물푸레

초판 1쇄 인쇄 2009년 3월 10일
초판 1쇄 발행 2009년 3월 15일

등록번호 | 제 1072-25호
등록일자 | 1994년 11월 11일
경기도 안양시 동안구 호계 1동 950-51
TEL | (031)453-3211, FAX | (031)458-0097
e-mail | mpr@mulpure.com
homepage | www.mulpure.com

값 6,900원

ISBN 978-89-8110-269-2 04840
ISBN 978-89-8110-261-6 (세트)

차례

제임스 앨런에 대하여

제임스 앨런은 20세기의 '신비의 문인' 으로 불린다. 그의 베스트셀러인 고전 『생각하는 그대로*As a man Thinketh*』가 전세계 1,000만 명 이상의 독자들에게 알려졌지만, 정작 이 책의 저자인 그에 대해서는 별로 알려진 게 없다.

제임스 앨런은 1864년 영국 레스터에서 태어났으며 어릴 때 그의 아버지를 따라 미국으로 갔다. 그의 아버지는 유복한 사업가였지만 좋지 않은 경제상황 때문에 1878년 파산했고, 그 다음해 비참하게 살해

당했다. 이러한 가정환경 때문에 제임스 앨런은 15세 때부터 그의 가족을 위해 일하지 않으면 안 되었다. 앨런은 결국 결혼했고, 영국 거대기업의 행정을 다루는 개인 서기관이 되었다.

38세에 그는 인생의 갈림길에 도달했다. 톨스토이의 저작들에 의해 영향받은 앨런은 돈을 벌고 소비하는 데 모든 것을 바치는 경박한 행위가 의미 없는 삶이라는 것을 깨닫기 시작하였다. 그는 직장에서 은퇴하고, 묵상의 삶을 수행하기 위해 영국 남서부

연안에 있는 작은 시골집으로 이사를 했다. 여기 해안의 골짜기에서 앨런은 그의 스승이였던 톨스토이의 교훈대로 자발적인 빈곤, 영적인 자기 훈련 그리고 검소한 삶을 통해 자신의 꿈을 수행했다.

앨런은 성경 말씀 속에 빛나는 지혜를 마음 깊이 새겼을 뿐 아니라, 동양의 고전에서 많은 깨달음을 얻었다. 글쓰기와 명상, 그리고 소일거리로 정원 가꾸는 일을 하면서 정신적인 삶을 영위할 수 있는 토양을 마련하였다.

전형적인 앨런의 하루는 아침 일찍 일어나고, 한 시간 넘게 명상을 위해 그곳에 머물렀던 바다가 내려다 보이는 절벽을 산책하는 것이었다. 그러한 가운데 눈에 띄지 않는 거미집처럼 그의 영적인 비전은 고양되고, 그가 알려고 하지 않아도 우주의 비밀이 눈앞에 펼쳐졌다. 고요한 이러한 감동들은 내부에 기억되었다. 그는 집으로 돌아온 후에, 종이에 자신이 느낀 단상들을 기록했다. 오후에는 정원을 돌보는 일에 매진했고 저녁에는 고상한 철학적 논점을 논쟁하길 원하는 마을 사람들과의 친교를 나눴다.

10년 동안 앨런은 묵상과 사색적인 삶을 살았고,

그의 저작의 로얄티로부터 나오는 적은 수입으로 생활했다. 그가 48세가 되었을 때, 그는 갑자기 우리 곁을 떠났다. 그는 참으로 미지의 사람이었고, 명성에 의해 훼손당하지 않고, 운명에 의해 좌우되지 않고 그가 원했던 삶의 방식대로 살다 죽었다. 그의 작품은 후에 문학적으로 천재적이고 영적인 것으로 인정받았다. 그러나 이것은 알려지지 않은 영국의 신비주의자가 원하던 길이었다. 그가 죽은 후에 그의 영적인 통찰력은 세계로 전파되었다.

그는 자신의 책 『생각하는 그대로*As a man Thinketh*』에서 "고결하고 숭고한 인격은 신의 은혜를 입거나 운이 좋아서 생긴 것이 아니다. 올바른 생각을 하려고 끊임없이 노력하고, 신과 같은 숭고한 생각을 소중하게 품어온 대가이다"라고 말하고 있다.

앨런은 다음과 같은 원칙을 깨달았다. 바로 "인간은 자신의 정신으로부터 분리될 수 없다"라는 것이다. 인간의 삶은 자신의 생각으로부터 분리될 수 없다. 마치 빛, 광채, 색상이 서로 분리될 수 없듯이, 정신과 생각은 인간의 삶과 떨어져 생각할 수 없는 것이다. 그러므로 생각을 변화시키면 사람을 변화시킬 수 있다는 결론이 나온다.

앨런의 이와 같이 심오하고 호소력 있는 내용 때문에 이 책은 지금까지 많은 사람들에게 읽혀지고 있으며, 현대 명상 문학의 원조로 알려져 있다. 이 한 권의 책을 읽고 얼마나 많은 이들이 감동받았는지 헤아릴 수 없을 정도이다. 이 책은 영어권 국가만 해도 수십 개의 출판사에서 출판하고 있으며, 그 밖의 나라에서도 번역 출판되고 있다. 이 책의 판매량은 줄잡아 1천만 권이 넘는 것으로 추측된다.

그는 19권의 저서를 남겼다.

신성한 중심

삶의 비결, 즉 힘과 기쁨, 변하지 않는 평화와 함께하는 풍요로운 삶의 비결은 자기 마음속의 신성한 중심Divine Center을 발견하는 것이다. 그것은 동물적이고 지적인 인간을 구성하는 소란스러움, 갈망, 논쟁과 같은 어지러운 외부 상황 속에서 사는 것이 아니라, 신성한 중심 가운데서 그리고 그것으로부터 사는 것이다. 불평이나 갈망 같은 이기적 요소들은 삶의 껍데기에 불과하며 만물의 중심 본질을, 즉 생명 자체를 꿰뚫어 보려는 사람은 그런 요소들을 버려야 한다.

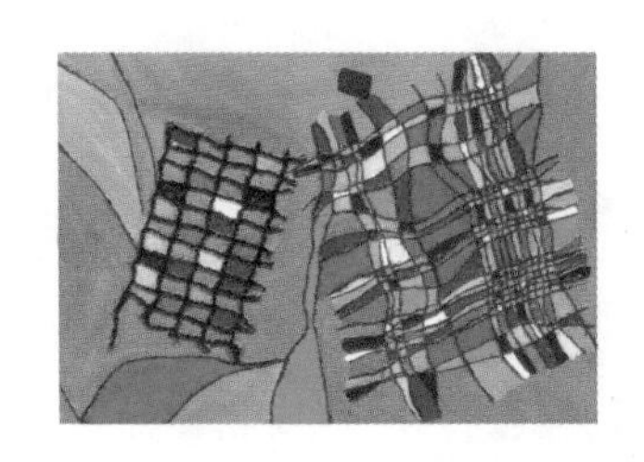

당신 속에 있는, 변함이 없고 시간과 죽음을 무시하는 신성한 존재를 알지 못한다면, 당신은 아무것도 모르는 것이고 시간의 거울 속에 나타난 실체 없는 영상들과 헛되이 장난치는 것이다. 세상의 투쟁, 과시, 허영에 흔들리지 않는 완전히 이성적인 원리들을 당신 속에서 발견하지 못한다면, 붙잡자마자 사라지는 환상 외에 아무것도 보지 못하는 것이다.

겉모습, 그림자, 그리고 환상에 만족한 채 안심하지 않기로 결심한 사람은, 그 결심의 날카로운 빛으

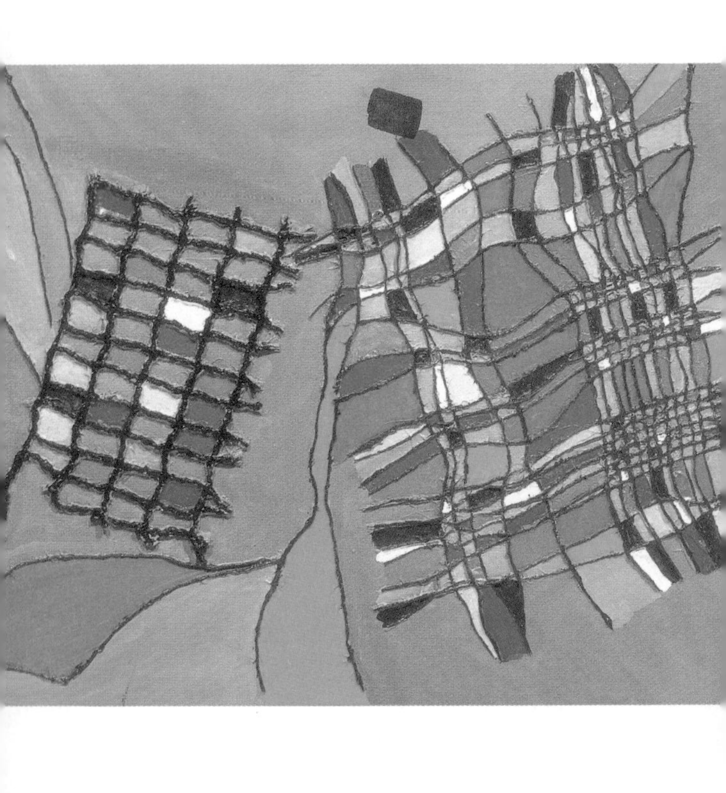

로 모든 덧없는 환상을 쫓아버리고 삶의 실체와 현실 속으로 들어갈 것이다. 그는 사는 방법을 배울 것이고 살 것이다. 그는 결코 격정의 노예나 의견의 노예가 되지 않을 것이며, 맹목적인 잘못된 생각에 열광하는 일도 결코 없을 것이다. 그는 마음속에서 신성한 중심을 발견함으로써, 침착하고 강하고 현명해질 것이다. 그는 자신이 그 안에서 살고 있는 거룩한 삶을 끊임없이 주위에 발산할 것이다. 거룩한 삶은 바로 그 자신이다.

마음속의 신성한 피난처로 스스로 돌아가 거기에 머무르면, 사람은 죄에서 자유롭다. 그의 모든 과거는 물결이 밀려와 모든 발자국과 흔적을 지워버린 깨끗한 모래사장과 같다. 죄가 그를 거슬러 일어나 그를 괴롭히고 비난하고 그의 신성한 평화를 파괴하는 일은 결코 없게 될 것이다. 양심의 가책으로 마음을 불태우는 일이 더 이상 없을 것이며 폭풍처럼 몰아치는 후회 때문에 그의 거처가 황폐하게 되는 일도 없을 것이다.

그의 미래는 싹이 터서 자라는 씨앗과 같아서 생명의 아름다움과 힘으로 꽃피운다. 어떤 의심도 그의 믿음을 뒤흔들 수 없고, 어떤 불확실성도 그의 평온한 마음을 불안하게 할 수 없다. 현재는 그의 것이고, 그는 오직 불멸의 현재 속에서만 산다. 그리고 그렇게 사는 것은, 눈물젖은 얼굴로 하늘을 쳐다보는 여러 시대의 인간들을 고요하고 온화하게 내려다보면서도 순수함과 빛으로 찬란하고 영원한 창공과 같다.

자아- 개성의 죽음은 구원의 대가

사람들은 자신의 욕망을 사랑한다. 욕망을 만족시키는 것이 달콤하게 보이기 때문이다. 그러나 그 끝은 고통과 공허감 뿐이다. 사람들은 지성인들의 논쟁을 좋아한다. 자기중심주의egotism가 가장 바람직하게 보이기 때문이다. 그러나 자기중심주의에서 나오는 열매는 굴욕과 슬픔이다. 영혼은 욕망 충족의 결말인 고통과 공허감에 도달하고 자기중심주의의 쓰디쓴 열매를 거둘 때, 신성한 지혜를 받고 신성한 생명 속으로 들어갈 준비가 된다. 극도의 괴로움을 겪은 사람만이 거룩하게 될 수 있다. 자아self가 죽어야만 마음의 주인Lord of heart이 부활하여 영원한 생명으로 들어가 지혜의 산 위에 빛나는 모습으로 설 수 있다.

당신은 시련을 겪고 있는가? 모든 외부적 시련은 내부적 결점을 그대로 닮은 것이다. 이것을 앎으로써 당신은 지혜로워질 것이고 당신의 시련을 활기찬 기쁨으로 변화시킬 것이다. 당신은 시련이 닥칠 수 없는 나라를 발견하게 될 것이다. 오, 세상의 자녀여, 그대는 언제 그대의 교훈을 배울 것인가! 당신의 모든 슬픔은 당신에게 소리높여 항의한다. 모든 고통은 정당하게 당신을 고발한다. 그리고 당신의 고뇌는 무가치하고 썩어 없어질 자아의 그림자일 뿐이다. 천국은 당신의 것이다. 당신은 얼마나 오래 동안 천국을 거부하고서 섬뜩한 분위기의 지옥을, 당신 자신의 이기적인 자아라는 지옥을 더 좋아할 것인가?

자아나 자만심이 없는 곳, 그곳에 거룩한 삶의 정원이 있다. 그리고,

"거기에서는 모든 목마름을 풀어 주는
치유의 흐름이 샘솟는다!
거기서는 불멸의 꽃들이 피어
모든 길을 기쁨으로 뒤덮는다! 거기는

가장 빠르고 가장 달콤한 시간으로 가득 차 있다!"

하나님의 구원받은 아들과 딸들, 육체와 영혼이 성화聖化된 그들은 "값을 치르고 사신 바 되었다." 그리고 그 값은 개성personality을 십자가에 못박는 것, 자아ego-self의 죽음이다. 모든 불화의 원천이 그 안에 들어 있는 자아를 벗어났기 때문에, 그들은 우주의 음악, 변치 않는 기쁨을 발견했다.

선택은 항상 당신의 것이다

삶은 움직임 이상을 의미한다. 그것은 음악이다. 삶은 휴식 이상을 의미한다. 그것은 평화이다. 삶은 일 이상을 의미한다. 그것은 의무이다. 삶은 노동 이상을 의미한다. 그것은 사랑이다. 삶은 향락 이상을 의미한다. 그것은 행복이다. 삶은 돈, 지위, 명성 이상을 의미한다. 그것은 지식, 목적, 그리고 강하고 고귀한 결심이다.

불순한 자들은 순수성 쪽으로 향하게 하라. 그러면 그들은 순수해질 것이다. 약한 자들은 힘에 의지하게 하라. 그러면 그들은 강해질 것이다. 무지한 자들은 지식을 향해 도약하게 하라. 그러면 그들은 지혜로워질 것이다. 모든 것이 인간에게 속해 있고 어떤 것을 가질지는 인간의 선택에 달려 있다. 오늘은 무지한 상태에서 선택하지만, 장래에는 지혜로운 상태에서 선택하게 될 것이다. 인간은 자신의 구원을 애써 성취하게 될 것이다. 그가 믿든지 말든지 말이다. 왜냐하면 인간은 자신으로부터 도망칠 수 없고 자기 영혼에 대한 영원한 책임을 다른 사람에게 떠넘길 수 없기 때문이다. 어떤 신학적 속임수로도 인간은 자신의 존재의 법칙을 속일 수 없다. 그의 존재의 법칙은, 올바른 생각과 올바른 행동을 하지 않기 위한 그의 모든 이기적인 임시 방편과 변명들을 박살낼 것이다. 하나님도 그의 영혼이 스스로를 위해 성취하도록 운명지어진 것을 그를 대신해서 해 주시지 않을 것이다.

평안하게 거주할 저택을 갖고자 하는 사람이 집터를 마련하고서 하나님께 집을 지어 달라고 무릎꿇고 기도한다면 당신은 그에 대해 뭐라 말하겠는가? 어리석다고 말하지 않겠는가? 반면에 땅을 사 놓고 설계

사, 건축업자, 목수로 하여금 건물을 짓도록 일하게 한다면 당신은 그가 현명하다고 말하지 않겠는가?

눈에 보이는 집을 짓는 이치와 정신적인 집을 짓는 이치는 마찬가지이다. 벽돌을 하나씩 쌓듯이 순수한 생각을 거듭 반복하고 선행을 거듭 반복함으로써, 흠없는 삶이라는 주택이 튼튼한 기초 위에 세워져야 하며, 결국 완벽한 균형을 갖춘 웅장한 주택이 나타날 때까지 질서정연하게 쌓아 올려야 한다. 인간이 정신적인 덕들spiritual realities을 획득하는 것은 변덕이나 선물, 호의에 의해서가 아니라 부지런함, 신중함, 에너지, 노력에 의해서다.

"영혼은 강하고 지혜롭고 아름답다.

신神과 같은 능력의 씨앗이 여전히 우리 안에 있다.

우리가 되고자 한다면 우리는 신神, 시인, 성인, 영웅이 된다."

정신적인 집 짓기

인간의 영적인 중심spiritual heart은 우주의 중심Heart of

the universe이다. 그래서 그 중심을 발견하면 인간은 모든 것을 이룰 수 있는 힘을 발견한다. 거기서 그는 또한 만물을 있는 그대로 보는 지혜도 발견한다. 그는 거기서 신적인 평화를 발견한다. 인간 존재의 중심에는 별들의 질서를 바로잡는 음악, 즉 영원한 조화 Eternal Harmony가 있다. 행복을 발견하려는 사람은 자기 자신을 발견하도록 하라. 모든 지나친 욕망, 모든 부당한 생각, 모든 추한 습관과 행위를 버리도록 하라. 그러면 자기 존재의 불멸의 본질을 형성하는 은총, 아름다움, 조화를 발견할 것이다.

사람들은 의지할 곳을 찾아 이 교리에서 저 교리로 옮겨 다니지만 불안을 발견한다. 그들은 많은 나라를 여행해 보지만 실망을 체험한다. 그들은 아름다운 저택을 손수 짓고 쾌적한 정원을 만들지만 지루함과 불안감을 얻을 뿐이다.

마음속의 진리에 의지한 후에야 비로소 사람은 휴식과 만족을 발견한다. 흠 없는 행실이라는 정신적 저택을 지은 후에야 비로소 끝없고 변치 않는 기쁨을 발견한다. 그 기쁨을 획득하면 그는 모든 외적 행동과 소유물 속에 그 기쁨을 불어넣을 것이다.

평화를 얻고 싶다면 평화의 정신을 실천하라. 사랑을 발견하고 싶다면 사랑의 정신 속에 거하라. 괴로움을 피하고 싶다면 남에게 괴로움을 주지 말라. 인류를 위해서 고귀한 일을 하고 싶다면 자신에게 잔인한 짓을 하지 말라. 자기 영혼의 깊은 곳에 있는 풍부한 잠재능력을 계발하기만 한다면, 이루고 싶은 꿈이 무엇이든 그 꿈의 실현을 위한 모든 자원을 거기서 발견하게 될 것이다. 그리고 꿈을 무사히 실현하기 위해 필요한 튼튼한 기초도 거기서 발견하게 될 것이다.

사람이 세상을 바로잡기 위해 아무리 노력할지라도, 자기 자신을 바로잡을 때까지는 결코 세상이 바로잡히지 않을 것이다. 이 진실은 수학적 원리처럼 마음속에 씌여 있을지도 모른다. 순수하게 살아야 한다고 남에게 설교하는 것만으로는 충분하지 않다. 사람은 정욕에서 벗어나야 한다. 이웃을 사랑하라고 권고하려면, 자기 마음에서 미움을 버려야 한다. 자기 희생의 가치를 드높이려면, 먼저 자신이 이기적 자아를 포기해야 한다. 완전한 삶을 단지 말만 가지고도 찬양할 수 있으려면, 스스로 완전한 사람이 되어야 한다.

자신의 신성 발견하기

더 이상 당신이 지은 수많은 죄의 무게를 짊어질 수 없을 때는 그리스도께로 빨리 나아가라. 그분의 보좌는 당신 마음의 중심이다. 그리스도께 나아가면 마음이 가벼워지고 불멸하는 영靈들과 즐겁게 사귀게 될 것이다.

더 이상 자신의 축적된 지식의 짐을 견딜 수 없을 때는, 갖고 있는 책과 지식과 철학을 떠나서 자기 자신에게 돌아가야 한다. 자신에게 되돌아오면, 바깥으로 애써 찾아다니면서도 발견하지 못했던 것, 즉 자신의 신성을 마음속에서 발견하게 될 것이다.

마음속에서 신神을 발견한 사람은 신에 대해 논쟁하기를 멈춘다. 자아의 힘이 아닌 더 깊은 내면의 고요한 힘에 의지하여, 그는 신의 삶을 살아가고 나날의 생활 속에서 영원한 생명인 최고선Highest Goodness을 나타낸다.

영원한 현재

현재는 시간을 그 속에 포함하고 있는 실재Reality이다. 현재는 시간보다 더 크고 더 위대하다. 현재는 언제나 존재하는 현실이다. 현재는 과거도 미래도 모르며, 영원히 강력하며 견실하다. 매분, 매일, 매년은 지나가자마자 꿈이 된다. 그리고 그것이 완전히 소멸되지 않는다 해도 기억 속에서 불완전하고 비현실적인 그림으로만 존재한다.

과거와 미래는 꿈이다. 현재는 현실이다. 모든 것들이 현재에 존재한다. 모든 힘과 모든 가능성과 모

든 행동이 현재에 있다. 지금 행동하고 성취하지 않는 것은 전혀 행동하지 않고 성취하지도 못하는 것이다. 과거에 할 수도 있었던 일에 대한 생각을 하며 사는 것, 또는 앞으로 하려는 일을 꿈꾸며 사는 것, 이것은 어리석음이다. 하지만 후회를 떨쳐 버리는 것, 미래에 대한 예상을 멈추는 것, 지금 행동하고 일하는 것, 이것이 지혜이다.

어떤 사람이 과거나 미래에 대해 계속 생각하고 있다면 그는 현재를 놓치고 있다. 그는 현재에 사는 것을 잊고 있다. 모든 일은 지금, 오직 지금 가능하다. 자신을 인도할 지혜가 없고 비현실적인 것을 현실적인 것으로 착각하는 사람은 이렇게 말한다. "저번 주에, 저번 달에, 작년에 그런 식으로 했었다면 오늘 상황이 더 좋을 텐데." 또는 이렇게 말한다. "해야 할 최선의 일이 무엇인지 난 알아. 하지만 그 일은 내일 해야지".

이기적인 사람은 현재의 막대한 중요성과 가치를 이해할 수 없고, 현재를 실재하는 현실로 보지 못한다. 과거와 미래는 실재하는 현실의 공허한 그림자에 불과하다. 과거와 미래는 오직 부정적인 그림자로서만 존재한다고 말하는 것이 참으로 맞을 것이다. 그리고 그 그림자 속에서 사는 것은, 다시 말해서 과거를 후회하고 미래를 이기적인 마음으로 기대하는 것은 삶에서 현실을 놓치는 것이다.

"현재, 현재는 당신이 가지고 있는 전부이다,
당신의 확실한 소유물이기 때문에
야곱이 천사가 복을 줄 때까지 붙잡았던 것처럼,
현재를 꽉 붙잡으라,

그것이 축복을 줄 때까지."

"실재하는 모든 것은 지금 존재하며,
결코 사라지지 않는다.
그것을 지금 유지하고 있는 손이
영혼을 영원히 살게 한다."

"그러면 무엇이 되어야 하고 무엇을 해야 하는가에 대해
왜 당신은 의문을 갖는가?
과거와 미래는 하나다.
그리고 둘 다 지금이다!"
현재가 이상적인 시간이다

인간은 모든 힘을 지금 가지고 있다. 그러나 이것을 모르는 사람은 이렇게 말한다. "나는 내년에, 또는 몇 년 후에, 또는 윤회를 통해 많은 삶을 거쳐 완전해질 것이다." 하나님 나라에 사는 사람들, 즉 오직 현재에만 사는 사람은 "나는 지금 완전하다"라고 말한다. 그리고 모든 죄를 지금 끊고 마음의 문을 끊임없이 지키며, 과거나 미래에 주의를 돌리지 않고,

생각과 이상을 바꾸지도 않기에 그들은 영원히 거룩하고 지극히 복된 상태로 남아 있다. "지금이야말로 진실의 시간이다. 지금이 구원의 날이다."

당신 자신에게 말하라. "나는 나의 이상적인 현재 Ideal now에서 살 것이다. 나는 나의 이상적인 현재를 표현할 것이다. 나는 나의 이상적인 현재에 있을 것이다. 나는 내 이상으로부터 주의를 다른 곳으로 돌리려고 유혹하는 모든 것들에 귀기울이지 않을 것이다. 나는 오직 내 이상의 목소리에만 귀기울일 것이다." 이렇게 결심하고 이렇게 행동하면 당신은 최고 존재로부터 벗어나지 않게 될 것이고 영원히 진리를 실천하게 될 것이다.

"나는 일어나서 명랑한 마음으로, 공명정대한 길을 따른다.
지금부터 나는 행운을 바라지 않는다. 내 자신이 행운이기 때문이다.
앞으로 나는 더 이상 불평하지 않고, 더 이상 뒤로 미루지 않고, 아무것도 요구하지 않을 것이다.
실내에서 투덜대는 불평, 수많은 책, 흠 잡는 비평을 떠나서 강하고 만족한 마음으로, 나는 공명정대한 길을 간다."

당신의 영혼을 과거와 미래라는 그림자 나라로 유혹하는 모든 구불구불한 옆길, 의존성이라는 모든 샛길로 가는 것을 멈추라. 그리고 당신의 타고난 신성한 힘을 지금 나타내라. 공명정대한 길로 나오라.

내일은 어떤 것을 위해서도 너무 늦다

당신이 되고자 하는 모습 그리고 희망하는 모습대로 지금 당신이 될 수도 있다. 그 모습을 성취하지 못하는 것은 당신이 끊임없이 미루고 있기 때문이다. 그리고 미루는 힘이 있다면 당신에게는 성취할 힘, 즉 지속적으로 성취할 힘도 있다. 이 진리를 깨달아라. 그러면 당신은 당신이 꿈꾸는 이상적인 인간이 오늘 될 것이고 또 매일 될 것이다.

덕은 날마다 죄와 싸우는 데 있지만 거룩함은 죄를 아예 무시하고 떠남으로써 죄의 유혹이 아무 소용도 없게 되는 데 있다. 그리고 이것은 살아 있는 현재에 이루어지고 오직 현재에만 가능하다. 당신의 영혼에게 "너는 내일 더 순수해질 거야"라고 말하지 말라. 오히려 "너는 지금 순수해질 거야"라고 말하라. 내일은 어떤 것을 위해서도 너무 늦다. 도움 받고 구원받는 것을 내일로 미루는 사람은 오늘 계속해서 실패하고 타락할 것이다.

당신은 어제 타락했는가? 당신은 매우 중대한 죄를 범했는가? 그렇게 깨달았다면 즉시 그리고 영원히 죄에서 떠나고 지금 죄를 짓지 않도록 주의하라. 당신이 과거를 깊이 슬퍼하는 동안에 당신 영혼의 모든 문이 지금 죄가 들어오는 것에 무방비 상태로 남아 있다. 돌이킬 수 없는 과거에 대해 몹시 슬퍼한다고 해서 당신이 다시 일어서는 것은 아니다. 오직 현재를 치료함으로써 당신은 다시 일어설 수 있다.

현재의 노력이라는 탄탄한 고속도로 대신에 뒤로 미루는 습관이라는 늪 지대의 샛길을 사랑하는 어리석은 사람은 이렇게 말한다. "내일은 일찍 일어나야지. 내일은 빚을 갚을 거야. 내일은 내 의지를 실행할 거야." 그러나 지혜로운 사람은 영원한 현재의 중대한 의미를 깨달았기 때문에 오늘 일찍 일어나고 오늘 빚을 갚고, 오늘 의지를 실행한다. 그러므로 그는 힘과 평화와 성숙한 완성의 경지를 결코 떠나지 않는다.

지금 실행한 것은 남는다. 내일 이루어지는 것은 아직 나타나지 않았다. 아직 오지도 않은 것에 조금도 마음을 두지 않고 지금 있는 것에 주의하는 것이 지혜이다. 즉 후회가 살며시 기어들 틈새가 전혀 없을 만큼 영혼을 정화하고 노력을 집중하여 현재에 주의하는 것이 지혜이다.

환상을 버려라

사람은 영적인 이해력이 자아의 환상에 의해 어두워져 있을 때는 다음과 같이 말한다. "나는 어느 해 어느 날에 태어났고, 운명의 시간이 되면 죽을 거야." 하지만 그는 태어나지 않았고 죽지도 않을 것이다. 왜냐하면 불멸하는 존재가, 영원히 있는 존재가 어떻게 탄생과 죽음의 지배를 받을 수 있겠는가? 환상을 버려라. 그러면 육체의 탄생과 죽음은 시작과 끝이 아니라 단지 여행 중의 사건에 불과함을 알게 될 것이다.

행복했던 어린 시절을 회상하고 슬픈 종말을 예상할 때 인간은 눈이 멀게 된다. 그래서 자신의 불멸성을 보지 못한다. 그의 귀는 닫혀 있어서 언제나 존재하는 기쁨의 음악을 듣지 못한다. 그리고 그의 심장은 무감각해져서 평화의 율동적인 소리에 맞춰 뛰지 않는다.

우주는 그 속에 있는 모든 것과 함께 지금 존재한다. 오, 구도자여, 손을 뻗어라. 그리고 지혜의 열매를 받아라! 그대의 탐욕스러운 노력을, 이기적인 슬픔을, 어리석은 후회를 멈추라. 그리고 사는 것에 만족하라. 지금 행동하라. 그리고 보라! 모든 것이 이루어진다. 지금 살아라. 그리고 보라! 당신은 풍요로움의 한가운데에 있다. 지금 존재하라. 그리고 당신이 완전하다는 것을 알라.

본래의 단순성

삶은 단순하다. 존재는 단순하다. 우주는 단순하다. 복잡성은 무지와 망상에서 생겨난다. 노자老子가 말한 '본래의 단순성Original Simplicity'은 우주의 있는 그대로의 모습을 표현하는 용어이며, 우주의 겉모습을 표현한 용어가 아니다. 사람이 자신의 헛된 망상으로 짜여진 그물망을 통해 우주를 보면, 우주는 끝없이 복잡하고 헤아릴 수 없이 비밀스러운 것으로 보인다. 그래서 그는 스스로 만든 미로 속에서 길을 잃어 버린다.

자기중심주의를 없애라. 그러면 우주 본래의 단순성이 갖는 모든 아름다움을 볼 것이다. 개인적인 '나' 라는 망상을 완전히 없애라. 그러면 그 '나' 로부터 생겨나는 모든 망상이 파괴될 것이다. 그리하여 다시 어린아이가 될 것이고 본래의 단순성으로 되돌아갈 것이다.

자신의 개인적인 자아를 완전히 잊는(완전히 없애는) 일에 성공하는 사람은 보편적 실재Universal Reality를 완전하게 비추는 거울이 된다. 그는 망상에서 깨어

났으며, 이제부터 그는 꿈 속에서가 아닌 현실 속에서 산다.

우주는 하나의 완벽한 전체이다

피타고라스는 우주가 열 개의 숫자 안에 들어 있다고 이해했다. 하지만 이런 단순성도 더 축소될 수 있고, 우주는 결국 숫자 하나One 속에 들어 있음을 알 수 있다. 왜냐하면 모든 숫자와 그것이 무한히 복잡하게 더해진 숫자들은 하나를 계속 더한 것에 불과하기 때문이다.

인생이 단편적인 것이 되도록 살지 말고 인생이 하나의 완전한 전체가 되도록 살아라. 그러면 완전한 삶의 단순성이 드러날 것이다. 일부분이 어떻게 전체를 이해할 것인가? 하지만 전체가 일부분을 이해하는 것은 얼마나 간단한가! 죄가 어떻게 거룩함을 알아보겠는가? 그러나 거룩함이 죄를 이해하는 것은 얼마나 쉬운가?

보다 위대한 사람이 되고 싶다면 덜 중요한 것들을 버려라. 어떤 형태 안에도 원은 포함되지 않지만 원

안에는 모든 형태가 포함된다. 찬란한 빛은 어떤 색깔 안에도 수용되지 않지만 찬란한 빛 안에는 모든 색깔이 포함되어 있다. 자아의 모든 형태를 파괴하라. 그러면 모든 선하고 아름다운 덕들을 이해하게 될 것이다. 다양한 색깔을 띤 생각과 욕망 모두를, 마음의 가장 깊고 고요한 침묵 속에 가라앉히라. 그러면 신성한 지식이라는 밝은 빛을 받게 될 것이다.

음악의 완벽한 화음 속에서 하나의 음은, 비록 잊혀질지라도, 반드시 그 음악 속에 들어 있다. 그리고 물방울은 바다 속에서 자신을 잃음으로써 최고로 쓸모 있게 된다. 측은히 여기는 심정으로 인류의 마음과 하나가 되라. 그러면 당신은 천국의 음악을 재현하게 될 것이다. 모든 사람을 향한 무제한의 사랑에 열중하라. 그러면 당신은 불후의 업적을 창조하고 영원한 지복至福의 바다와 하나가 될 것이다.

'본래의 단순성' 으로 돌아가는 길

인간은 복잡한 외면을 형성하는 방향으로 진화한다. 그리고 나서 중심의 단순성으로 다시 돌아간다.

자기 자신을 알기 전에는 우주를 아는 것이 확실히 불가능하다는 것을 깨달을 때, 사람은 본래의 단순성에 이르는 길에 나선다. 그는 내면으로부터 열리기 시작한다. 그리고 그가 스스로를 활짝 펼쳐 감에 따라 그는 우주를 펼쳐 나간다.

신에 관해 사색하는 것을 그만두고 모든 것을 포함하는 선을 당신 내부에서 발견하라. 그러면 당신 자신이 신과 하나임을 알고 사색의 공허함과 헛됨을 깨닫게 될 것이다.

자신의 은밀한 욕망, 탐욕, 분노, 그리고 이런 저런 것에 대한 자신의 견해를 포기하지 않으려는 사람은 아무것도 볼 수 없고 알 수도 없다. 그가 비록 대학 교육을 받았다 해도 지혜의 학교에서는 어리석은 사람으로 남아 있을 것이다.

지식을 얻는 비결을 발견하고 싶다면 자신을 발견하라. 당신의 죄는 당신이 아니다. 죄는 당신의 어떤 일부분도 아니다. 죄는 당신이 사랑하게 된 질병이다. 죄에 집착하는 것을 멈추라. 그러면 죄가 더 이상 당신을 붙들고 늘어지지 않을 것이다. 죄가 떨어져 나가게 하라. 그러면 당신이 드러날 것이다. 그러면 당신은 자신을 드넓은 비전으로, 무적의 원리로, 불멸의 생명으로, 영원한 선으로 알게 될 것이다.

'본래의 단순성'의 단순성

불순한 사람은 불순함이 자신의 당연한 상태라고 믿지만 순수한 사람은 자신을 순수한 존재로 안다. 그는 또한 겉으로 보이는 현상이라는 베일 뒤를 꿰뚫어 보고 다른 모든 사람들을 순수한 존재로 안다. 순수성은 극도로 단순하며 그것을 지지할 어떤 논증도 필요로 하지 않는다. 불순함은 끝없이 복잡하며 항상 방어적인 논쟁에 휘말려 있다. 진리는 스스로 산다. 결백한 삶이 진리의 유일한 증거이다. 사람들은 자기 마음속에서 진리를 발견할 때까지는 진리의 증거를 볼 수 없고, 받아들이려 하지도 않을 것이다. 진리를 발견하면 사람은 동료들 속에 있는 동안에도 침묵하게 된다. 진리는 너무나 단순해서 논쟁과 광고의 영역에서는 발견될 수 없다. 그리고 진리는 너무 고요해서 행위를 통해서만 나타난다.

본래의 단순성은 극히 단순하기 때문에 그것을 알

아볼 수 있으려면 모든 것을 버려야 한다. 큰 아치형 문은 밑의 텅 빈 부분 덕택에 튼튼한 것처럼 현명한 사람은 자신을 비움으로써 강하고 누구도 이길 수 없는 사람이 된다.

겸손, 인내, 사랑, 동정, 지혜, 이것들은 본래의 단순성이 갖는 주된 특징이다. 그러므로 불완전한 자는 본래의 단순성을 이해할 수 없다. 오직 지혜만이 지혜를 이해할 수 있다. 그러므로 어리석은 자는 이렇게 말한다. "지혜로운 사람은 한 명도 없다." 불완전한 사람은 이렇게 말한다. "아무도 완전해질 수 없다." 따라서 그는 어리석고 불완전한 현재의 모습 대로 남게 된다.

그는 완전한 사람과 평생 같이 살더라도 그 사람의 완전함을 보지 못할 것이다. 그는 겸손을 소심함이라고 부를 것이다. 인내, 사랑, 동정을 그는 나약함으로 볼 것이다. 지혜는 그에게 어리석음으로 보일 것이다. 흠 없는 분별력은 완전한 전체를 이룬 사람에게 존재하며 부분적인 덕만 성취한 사람에게는 존재하지 않는다. 그러므로 사람들은 완전한 삶을 몸소 실현할 때까지는 심판하는 일을 삼가라는 권고를 듣게 된다.

모든 문제는 '본래의 단순성' 속에서 사라진다

본래의 단순성에 도달할 때 모호함은 사라지고 보편적인 투명성이 분명하게 드러난다. 자기 안에 살고 있는 실재를 발견한 사람은 보편적인 본래의 실재를 발견한다. 자기 내부에 있는 신성한 마음Divine Heart을 알면, 모든 사람의 마음을 알게 되고, 자기 생각의 주인이 된 사람에게는 모든 사람의 생각이 자기 것이 된다. 그러므로 선한 사람은 자신을 변호하지 않는다. 다만 다른 사람들의 정신이 자신의 정신과 닮도록 인도한다.

문젯거리들은 미숙한 정신의 해결 범위를 넘어서듯이 순수한 선은 문젯거리를 초월한다. 순수한 선에 도달하면 모든 문제가 사라진다. 그러므로 선한 사람은 "착각과 망상을 죽이는 자"로 불린다. 죄가 없는 사람을 어떤 문제가 괴롭힐 수 있겠는가? 오, 그렇게도 떠들썩하게 노력하고 쉬지 못하는 그대여, 당신 존재의 신성한 침묵 속으로 물러나라. 그리고 그곳에 근거를 두고 살아라. 순수한 선을 발견하면 당신은 착각과 망상으로 이루어진 신전의 베일을 찢고, 완전한 존재의 인내, 평화, 초월적 영광 속으로 들어가게 될 것이다. 왜냐하면 순수한 선과 본래의 단순성은 하나이기 때문이다.

오류가 없는 지혜

사람은 자신의 재산, 육체, 상황과 환경, 다른 사람들에 대한 의견, 그리고 자신에 대한 다른 사람들의 태도를 초월해야 한다. 이런 상태에 도달해야 비로소 강하고 확고부동한 사람이라고 말할 수 있다. 또한 사람은 자신의 욕망과 의견을 초월해야 한다. 이런 상태에 도달해야 비로소 지혜로운 사람이 된다.

자신을 재산과 동일시하는 사람은 재산을 잃을 때 모든 것을 잃었다고 느낄 것이다. 자신을 상황의 결과와 도구로 생각하는 사람은 외적인 조건이 변할

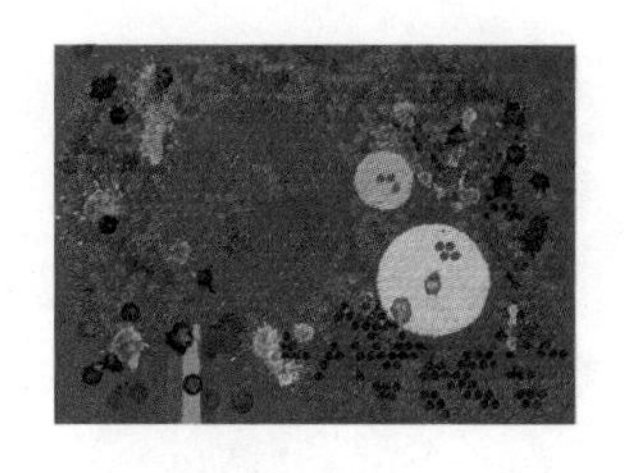

때마다 나약하게 흔들릴 것이다. 그리고 다른 사람들의 칭찬에 의지하려고 애쓰는 사람은 큰 불안과 고통을 겪게 될 것이다.

모든 외적인 요소로부터 자신을 분리시키고 내적인 미덕에 안전하게 의지하는 것, 이것이 오류가 없는 지혜이다. 이런 지혜를 소유하면 사람은 부유할 때나 가난할 때나 변하지 않는다. 부유하다고 해서 힘이 더 생기지도 않고 가난해진다고 해서 평정심을 빼앗기지도 않는다. 마음속의 더러움을 모두 깨끗이

씻어버린 사람은 부유해져도 타락하지 않고 영혼의 신전을 타락시키는 행위를 그만둔 사람은 가난해져도 타락하지 않는다.

모든 일은 최선을 위해 발생한다

어떤 외적인 요소나 사건에 사로잡히기를 거부하고, 그 모든 일이나 사건이 당신의 이익을 위해, 그리고 당신에게 교훈을 주기 위해 일어나는 것이라고 생각하는 것, 이것이 지혜이다. 지혜로운 자들에게는 일어나는 모든 사건이 선하게 보인다. 그들은 악에 전혀 관심이 없으므로 날마다 더 지혜로워진다. 그들은 모든 것을 활용하며, 따라서 모든 일을 잘 통제한다. 지혜로운 자들은 실수를 저지를 때마다 알아차리고 그것들을 본질적 가치가 있는 교훈으로 받아들인다. 신성한 질서 속에는 어떤 실수도 없음을 알기 때문이다. 그리하여 그들은 신적인 완전함에 빠르게 다가간다. 지혜로운 자들은 어느 누구에 의해서도 흔들리지 않지만 모든 사람으로부터 배운다. 그들은 어느 누구에게서도 사랑 받기를 갈망하지 않지만 모든 사람에게 사랑을 준다.

배우는 것, 그리고 흔들리지 않는 것, 자신이 사랑받지 못하는 곳에서도 사랑하는 것, 바로 이 속에 사람을 절대 실망시키지 않을 힘이 있다. "나는 모든 사람들을 가르치고 누구에게도 배우지 않을 거야"라고 마음속으로 생각하는 사람은 그러한 사고방식을 유지하는 동안에는 가르치지도 배우지도 못할 것이며, 오직 자신의 어리석음 속에 계속 남을 것이다.

당신은 기꺼이 배워야 한다

사람은 자기 마음속에서 모든 힘과 지혜, 능력, 지식을 발견할 것이지만, 자기중심주의에 빠져 있는 한 그것을 발견하지 못한다. 순종하고 복종하며 기꺼이 배우려고 할 때만 그것을 발견할 것이다. 사람은 자신보다 수준이 높은 이들에게 순종해야 하고, 자신보다 수준이 낮은 이들과 비교하여 스스로를 높이지 말아야 한다. 자기중심주의에 기초를 두고서 꾸지람과 가르침, 그리고 경험의 교훈을 받아들이지 않으려는 사람은 반드시 망할 것이다. 그렇다, 그는 이미 망했다.

한 위대한 스승이 제자들에게 말했다. "자기 자신을 비추는 등불이 될 사람들은 오직 자신만을 의지하고 어떤 외적인 도움에 의지하지 않는다. 그들은 진리를 자신의 등불로 삼아 꽉 붙잡고 진리 속에서만 구원을 찾는다. 그들은 자기 자신 이외의 어떤 도움도 구하지 않을 것이다. 내 제자들 중에 최고의 경지에 도달할 사람들은 바로 그들이다! 하지만 그들은 기꺼이 배우려는 마음가짐을 지녀야 한다."

지혜로운 사람은 항상 배우기를 간절히 원하지만 결코 가르치기를 갈망하지는 않는다. 왜냐하면 진정한 스승은 모든 사람의 마음속에 있고, 결국에는 모든 사람이 자기 마음속에서 그 스승을 발견해야 한다는 것을 알기 때문이다. 어리석은 사람은 허영심에 주로 지배를 받기 때문에 가르치기를 간절히 원하지만, 기꺼이 배우려고 하지는 않는다. 겸손하게 귀기울이는 영혼에게 지혜를 알려 주는 마음속의 거룩한 스승을 아직 발견하지 못했기 때문이다. 자기를 믿는 사람이 되어라. 그러나 당신의 자기 신뢰가 이기적인 것이 아닌 성자聖者다운 것이 되도록 하라.

우둔함과 지혜, 나약함과 힘은 사람의 마음속에 있지 어떤 외부적인 것에 있지 않다. 또한 그런 것들은 어떤 외부적인 원인에서 생기지도 않는다. 사람은 다른 사람을 위해 강해질 수는 없다. 자기 자신을 위해서만 강해질 수 있다. 사람은 다른 사람을 위해 극복자가 될 수는 없으며, 오직 스스로를 극복할 수 있을 뿐이다.

당신은 다른 사람들로부터 배울 수도 있지만 당신 스스로 깨달음을 완성해야 한다. 외적으로 의지하는 모든 것을 물리치고 당신 속에 있는 진리에 의지하라. 유혹을 받을 때 교리는 사람을 지탱해 주지 못할 것이다. 유혹을 파괴하는 내적인 지식을 소유해야 한다. 사색적인 철학은 재앙의 때에 공허한 것으로 입증될 것이다. 사람은 슬픔에 종지부를 찍을 내적인 지혜를 소유해야 한다.

당신이 추구하는 것은 이미 당신 속에 있다

모든 종교의 목적인 선善은 각 종교들 자체와 다르다. 모든 철학의 목적인 지혜는 각각의 철학과 다르다. 오직 순수한 생각과 선행을 끊임없이 실천함으로써, 자신의 정신과 마음을 아름답고 사랑스럽고 진실한 것들에 조화시킴으로써만 오류가 없는 지혜를 발견한다.

사람은 어떤 상태에 처해 있든지 간에 항상 진리를 발견할 수 있다. 그리고 강하고 지혜로운 사람이 되는 방향으로 현재 자신의 상태를 활용함으로써만 진리를 발견할 수 있다. 보상을 갈망하는 마음과 비겁하게 처벌을 두려워하는 마음을 떨쳐 버려라. 자신을 잊고 자신의 무가치한 쾌락도 잊고 모든 의무를 성실하게 수행하는 데 기쁘게 마음을 쏟으면서 강하고 순수하게 그리고 독립적으로 살라. 그러면 오류가 없는 지혜, 신적인 인내와 힘을 반드시 발견하게 될 것이다.

"의무와 이상을 갖지 않는 상황이 인간에게 있었던 적은 결코 없다.

그대의 이상은 여기에 있으며 다른 아무데도 없다.

여기에서부터 이상을 실행하라. 그리고 실행하면서 믿고, 삶을 누리고, 자유로워라.

이상은 당신 속에 있고 방해물도 당신 속에 있다.

당신이 처한 조건은 당신의 이상을 실현하기 위한 재료에 불과하다.

그런 재료가 이런 종류이든 저런 종류이든 뭐가 문제인가, 당신이 그것에 영웅적인, 시적인 형상을 부여할 터인데?

오, 실제의 존재가 속박되어 수척해진 그대여, 다스리고 창조할 왕국을 달라고 신들에게 비통하게 외치는 그대여, 이것이 진실임을 알라.

당신이 구하는 것은 이미 당신 안에, 지금 여기에 있다. 당신이 볼 수만 있다면 말이다!"

아름답고 신성한 모든 것이 당신 속에 있다. 그것은 이웃의 재물에 있지 않다. 당신은 가난한가? 당신이 당신의 가난보다 강하지 않다면 당신은 정말로 가난하다! 당신은 큰 불행을 겪은 적이 있는가? 당신은 거기에 걱정을 추가함으로써 그 불행을 치유하려는 것인가? 꽃병이 깨졌을 때, 눈물을 흘린다고 해서 그것을 고칠 수 있는가? 또 당신이 통곡한다고 해서 잃어버린 기쁨을 회복할 수 있는가? 당신이 지혜롭게 대처하기만 한다면 사라지지 않을 악은 하나도 없다. 신적인 영혼은 과거의 일이나 현재의 일, 앞으로 일어날 일에 대해 슬퍼하지 않는다. 오히려 신성한 선을 끊임없이 발견하고, 일어나는 모든 일을 통해 지혜를 얻는다.

생명의 최고 법칙은 사랑이다

두려움은 이기심의 그림자이고 두려움은 애정 깊은 지혜가 있는 곳에서는 살 수가 없다.

의심, 근심, 걱정은 자아라는 지하세계에 있는 비현실적인 그늘이며, 자기 영혼의 가장 깊고 고요한 차원에 도달하려는 사람은 이런 것들로 인해 더 이상 괴로워하지 않는다. 또한 자신의 존재의 법칙을 이해하려는 사람은 슬픔을 영원히 쫓아버릴 것이다.

자신의 존재의 법칙을 이해한 사람은 생명의 최고 법칙을 발견할 것이고, 그것이 사랑이라는 것을, 불멸의 사랑이라는 것을 발견할 것이다. 그는 그 사랑과 하나가 될 것이며, 자기 마음에서 모든 미움과 어리석음을 몰아내고 모든 존재를 사랑하므로, 사랑이

주는 무적의 보호를 받게 될 것이다. 그는 아무것도 요구하지 않기 때문에 어떤 상실도 겪지 않을 것이다. 그는 어떤 쾌락도 추구하지 않기 때문에 어떤 슬픔도 발견하지 못할 것이다. 그리고 그의 모든 힘을 봉사의 도구로 사용하기 때문에 축복과 더없는 행복이라는 최고 상태에서 영원히 살게 될 것이다.

이것을 알라. 당신은 자신을 만들기도 하고 파괴하기도 한다. 당신은 있는 그대로의 당신 존재에 의해 일어서고 넘어진다. 노예가 되는 것을 더 좋아한다면 당신은 노예이다. 당신 자신을 주인으로 만든다면 당신은 주인이다. 당신의 동물적인 그리고 지적인 견해 위에 기초를 두고 살아가면 당신 삶을 모래 위에 세우는 것이다. 덕과 거룩함에 기초를 두고 살아가면 어떤 바람이나 파도에도 당신의 튼튼한 거주지가 흔들리지 않을 것이다. 그리하여 오류가 없는 지혜는 모든 위급한 상황에서 당신을 지탱해 주고 신의 영원한 팔이 당신에게 평화를 가져다 줄 것이다.

"왕도 도둑도 가져갈 수 없는 재물,
즉 선행의 수확을 매년 거두라. 당신이 당신 것이라고 부

르는 모든 것, 즉 재산, 쾌락, 명예가 사라질 때,

당신의 덕으로 당신은 그 모든 상실을 넘어설 것이다."

온유의 힘

산은 가장 맹렬한 폭풍우에도 흔들리지 않고 갓난 새 새끼와 어린 양을 보호한다. 그리고 모든 사람들이 밟아 뭉갤지라도 산은 사람들을 보호하고 자신의 불멸의 가슴으로 그들을 지탱해 준다. 온유한 사람이나 겸손한 사람도 마찬가지다. 어느 누구도 그의 마음을 뒤흔들거나 어지럽힐 수 없으므로, 그는 측은히 여기는 마음으로 가장 천한 피조물을 보호하는 일에 힘을 쏟는다. 그리고 사람들에게 경멸당하더라도, 그는 모든 사람을 높여 주고 사랑하는 마음으로

그들을 보호한다.

산이 고요한 힘 속에서 영광스럽게 빛나듯이 거룩한 사람도 고요한 겸손 속에서 영광스럽게 빛난다. 산의 모습처럼 그의 사랑은 광대하고 숭고하다. 산의 기슭이 골짜기와 안개 속에 확고히 자리잡고 있듯이 그의 육체는 세상사의 현실 속에 자리잡고 있지만 그의 정신은 밝은 영광 속에 영원히 빛으로 감싸여 있고 고요와 침묵 가운데 살아간다.

온유함이나 겸손을 발견한 사람은 신성을 발견한

2001
mishig

사람이다. 그는 신적인 의식을 깨달았고 자기 자신을 신성한 존재로 안다. 그는 또한 다른 모든 사람들도 신성한 존재로 안다. 비록 그들이 잠자고 꿈꾸는 의식 상태에 빠져 자신이 신성한 존재임을 모르고 있을지라도 말이다. 겸손은 신성한 자질이고, 그러므로 절대적으로 강력하다. 온유한 사람은 저항하지 않음으로써 이기고, 자신이 패배하는 것을 허용함으로써 최고의 승리를 획득한다.

힘으로 다른 사람을 정복하는 사람은 강하다. 하지만 자기 자신을 온유함으로 정복하는 사람은 위대하다. 힘으로 다른 사람을 정복하는 사람은 그 자신도 힘으로 정복당한다. 자신을 온유함으로 정복한 사람은 결코 정복당하지 않는다. 왜냐하면 인간은 신성한 존재를 이길 수 없기 때문이다. 온유한 사람은 패배 속에서 승리를 거둔다.

소크라테스는 사형을 당함으로써 더 오래 산다. 십자가에 못 박힌 예수에게서 부활한 그리스도가 드러난다. 그리고 복음을 증거하다 죽은 스테파노는 돌을 맞으면서도 돌의 해치는 힘을 좌절시킨다.

겸손의 속성

실재하는 것은 파괴될 수 없고 오직 비현실적인 것만이 파괴된다. 사람은 실재하는 것을 자기 마음속에서 발견할 때, 즉 항구적이고 지속적이며 불변하고 영원한 것을 발견할 때 그 실재 속으로 들어가고 온유하게 된다. 모든 어둠의 세력들이 그를 해치러 오겠지만, 그 세력들은 그에게 어떤 해도 입히지 못하고 결국 떠날 것이다.

겸손한 사람은 시련의 때에 눈에 띈다. 다른 사람들이 망할 때 그는 존속한다. 그의 인내는 다른 사람들의 어리석은 격정에 의해 파괴되지 않는다. 다른 사람들이 그를 공격하러 올 때 그는 "싸우거나 소리치지 않는다." 그는 자기 마음속의 악을 극복했기 때문에 모든 악의 철저한 무능력을 알고 있으며, 신성한 선의 불변하는 힘과 능력 가운데 살아간다.

겸손은 모든 존재들의 중심에 있는 불변하는 사랑이 작용하는 한 모습이다. 그러므로 겸손은 불멸의 자질이다. 겸손하게 사는 사람은 두려움이 없고 최고 존재the Highest를 알며, 가장 천한 격정을 뜻대로 지배한다.

온유한 사람은 어둠 속에서 빛나고 세상에 알려지지 않는 가운데 성장한다. 겸손은 자기 자신을 자랑하거나 광고할 수 없고, 대중의 인기에 의지해 번영할 수도 없다. 겸손은 실천될 뿐이며, 남들에게 보이기도 하고 보이지 않기도 한다. 겸손은 영적인 자질이기 때문에 영의 눈에만 보인다. 영적으로 깨어 있지 않은 사람들은 세속적인 겉모습과 겉치레에 매혹되고 눈이 멀어 겸손을 보지 못하고 사랑하지 못한다.

또한 역사도 겸손한 사람을 주목하지 않는다. 역사의 영광은 투쟁과 자기 확대의 영광이다. 온유한 사람의 영광은 평화와 친절의 영광이다. 역사는 거룩한 행위와 사건이 아닌 세속적인 행위와 사건들을 연대순으로 기록한 것이다. 그러나 겸손한 사람이 세상에 알려지지 않은 채 살아가더라도 그가 감춰질 수는 없다(어떻게 빛이 감추어질 수 있는가?). 그는 심지어 세상에서 사라진 뒤에도 계속 빛나며, 그를 모르던 세상이 그를 숭배한다.

겸손은 저항하지 않음으로써 모두를 정복한다

온유한 사람은 자신이 무시당하고 학대받고 오해받는 것을 전혀 중요하게 생각하지 않는다. 따라서 그는 그런 대접에 주의를 기울이지 않고, 하물며 저항하는 일은 더욱 없다. 그는 그러한 모든 무기가 가장 보잘것 없고 무력한 그림자에 불과함을 안다. 따라서 그는 자신을 악하게 대하는 사람들에게 선으로 보답한다. 그는 누구에게도 저항하지 않고 그럼으로써 모두를 정복한다.

자신이 다른 사람들에게 상처받을 수 있다고 생각하고 그들에 대항해서 자신의 정당함을 증명하고 변호하려 애쓰는 사람은 온유나 겸손을 이해하지 못한다. 그는 삶의 본질과 의미를 이해하지 못한다.

"그는 나를 학대했고, 나를 때렸고, 나를 패배시켰고, 나에게 강도질했다.
그런 생각을 품은 사람들의 마음속에서 증오는 멈추지 않는다.
왜냐하면 증오가 증오에 의해 멈추는 일은 결코 없기 때문이다.

증오는 오직 사랑에 의해 멈춘다."

자, 당신은 당신의 이웃이 당신에 대해 거짓말을 했다고 말한다. 자, 그래서 어떻다는 것인가? 거짓말이 진실한 당신을 다치게 할 수 있는가? 거짓인 것은 거짓일 뿐이고 그것이 거짓의 끝이다. 거짓은 생명이 없고 거짓에 의해 상처 받으려 애쓰는 사람을 제외하고는 아무에게도 상처를 입힐 힘이 없다. 이웃 사람이 당신에 대해 거짓말을 하는 것은 당신에게 아무 의미가 없는 일이지만, 당신이 그에게 저항해서 당신의 정당함을 증명하려 애쓴다면 그것은 큰 일이 된다. 왜냐하면 그렇게 함으로써 당신은 그 이웃의 잘못된 주장에 생명과 활기를 주기 때문이다. 그리고 그렇게 함으로써 당신에게 돌아오는 것은 상처와 고통이다. 당신 자신의 마음에서 모든 악을 제거하라. 그러면 다른 사람들의 마음속에 있는 악에 저항하는 것이 어리석은 일임을 알게 될 것이다.

당신은 자신이 짓밟힐 것이라고 말하는가? 그렇게 생각한다면 당신은 이미 짓밟힌 것이다. 다른 사람들이 당신에게 입혔다고 생각하는 그 상처는 오직 당신 자신으로부터 온 것이다. 다른 사람들의 잘못된 생각이나 말 또는 행동은, 당신이 격렬한 저항으로 그것들에 활기를 주고 그럼으로써 당신 자신 안에 받아들이지만 않는다면 당신을 해칠 힘이 전혀 없다.

누군가 나를 비방하면 그것은 그의 일이지 내 일이 아니다. 나는 내 영혼을 다루어야 하는 것이지, 내 이웃의 영혼에 간섭할 필요는 없다. 비록 모든 세상 사람들이 나를 잘못 판단할지라도 그것은 내가 상관할 바가 아니다. 반면에 내 영혼을 순수성과 사랑 가운데 유지하는 것이야말로 내가 상관할 모든 일이다. 사람들이 자신의 옳음을 주장하기를 멈출 때까지는 투쟁이 멈추지 않을 것이다.

싸움을 멈추게 하려는 사람이 있다면 그가 어떤 정당을 편드는 것을 그만두게 하라. 자신을 변호하는 것조차도 그만두게 하라. 평화는 투쟁에 의해 올 수 없고 투쟁을 멈춤으로써 온다. 시저의 영광은 그의 적들이 저항하기에 존재할 수 있다. 그의 적들은 저항했지만 망했다. 시저가 요구하는 것을 시저에게 주라. 그러면 시저의 영광과 권력은 사라진다. 따라

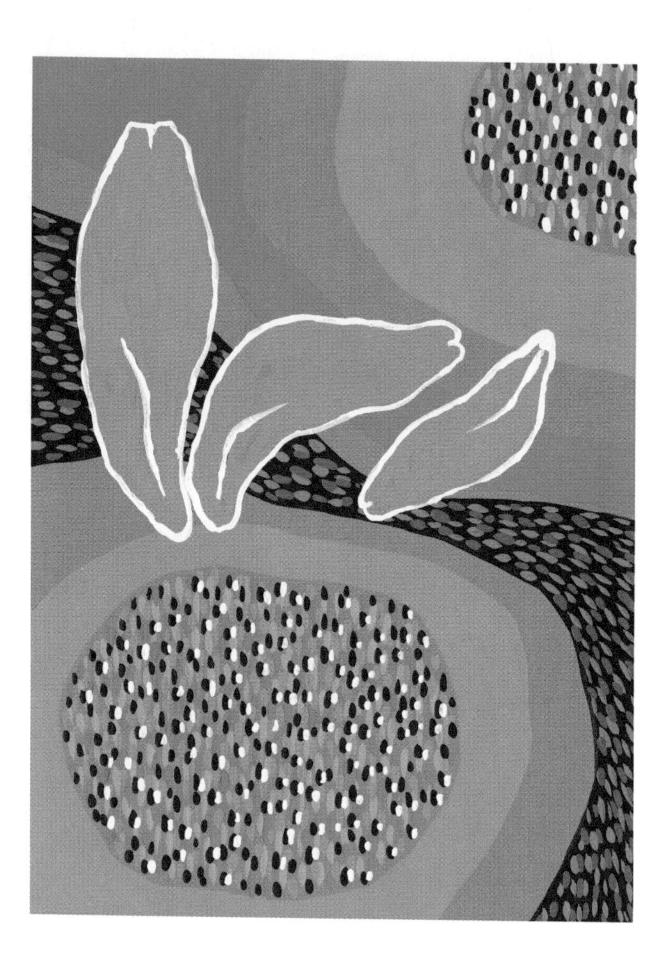

서 온유한 사람은 복종함으로써 강한 사람을 정복한다. 하지만 그것은 겉으로만 복종하는 그런 노예상태가 아니다. 그것은 내면적이고 정신적인 복종이며 곧 자유이다.

겸손은 생각의 무저항이다

온유한 사람은 어떤 권리도 주장하지 않기 때문에 자기 방어와 자기 정당화의 문제로 걱정하지 않는다. 그는 사랑 속에서 산다. 그러므로 우주의 영원한 법칙인 위대한 사랑의 직접적이고도 생생한 보호를 받는다. 그는 자신만의 사적인 소유를 주장하지도 추구하지도 않는다. 따라서 모든 것들이 그에게 오고 우주 전체가 그를 방어하고 보호한다.

"나는 겸손해지려고 노력했지만 실패했어" 라고 말하는 사람은 정말로 겸손해지려고 노력한 것이 아니다. 겸손은 시험삼아 시도할 수 있는 것이 아니다. 오직 전적인 자기희생을 통해서만 겸손해질 수 있다. 겸손이나 온유가 단지 행동의 무저항에 있는 것은 아니다. 그것은 특히 생각의 무저항에 있다. 겸손은 이기적인 생각, 비난하는 생각, 복수하려는 생각을 전혀 품지 않는 것이다. 따라서 온유한 사람은 미움과 어리석음과 허영심을 초월해서 살기 때문에 성낼 수도 없고 자기 감정이 상처받을 수도 없다. 온유와 친절은 결코 실패할 수 없다. 천국과 같은 삶을 추구하는 그대여! 온유하고 겸손한 사람이 되기 위해 애쓰라! 인내심과 자제심을 날마다 키워 나가라. 가혹한 말은 전혀 하지 않도록 혀를 다스려라. 이기적인 논쟁에는 신경을 끊고, 당신이 저지른 잘못들에 대해 곰곰이 생각하지 말라. 그렇게 삶으로써 당신은 마음속에 겸손이라는 순수하고 우아한 꽃을 주의 깊게 기르고 재배할 것이고, 마침내 겸손의 신성한 감미로움, 순수함, 그리고 아름다운 완전함이 당신에게 나타날 것이다. 그러면 당신은 친절하고 기쁨이 충만하며 강한 사람이 될 것이다.

겸손은 환상의 베일을 걷는다

당신 주변에 성미가 급하고 이기적인 사람들이 많다고 불평하지 말라. 당신의 부족한 점들이 당신 자신에게 드러나도록 혜택을 받았다는 사실에 기뻐하라. 그리고 당신이 극기와 완전한 덕의 성취를 위해 끊임없이 노력할 수밖에 없는 처지에 놓인 것을 기뻐하라. 주변 사람들의 가혹함과 이기심이 많을수록 당신이 온유하고 겸손하며 사랑할 필요가 더 커진다. 다른 사람들이 당신에게 해를 끼치거나 부당한 대우를 하고자 한다면, 당신이 모든 잘못된 행위를 그만두고 사랑 가운데 살아야 할 필요성이 더 커진다. 다른 사람들이 온유, 겸손, 사랑을 설교하면서도 실천하지 않는다면 괴로워하거나 속태우지 말라. 오히려 마음의 침묵 속에서 그리고 다른 사람들과 접촉하는 가운데 온유, 겸손, 사랑을 실천하라. 그러면 그 덕목들이 스스로 설교하는 셈이 될 것이다. 그리고 비록 당신이 연설조의 말을 한마디도 않고 청중 앞에 서지 않을지라도 당신은 전세계를 가르칠 것이다.

당신이 온유하고 겸손해질 때 당신은 우주의 가장 심오한 비밀을 배우게 될 것이다. 자기 자신을 극복한 사람에게는 모든 것이 드러난다. 당신은 원인들의 원인을 꿰뚫어 볼 것이고 모든 환상의 베일을 하나씩 차례로 걷어내어 마침내 존재의 가장 깊은 본질inmost Heart of Being에 도달하게 될 것이다. 그리하여 생명 자체와 하나가 됨으로써 당신은 모든 생명을 알게 될 것이다. 또 원인들을 꿰뚫어 보고 참으로 실재하는 것들을 앎으로서 당신은 더 이상 자신에 대해, 다른 사람들에 대해, 세상에 대해 걱정하지 않게 될 것이다. 당신은 모든 것들이 위대한 법칙의 도구라는 것을 알게 될 것이다. 당신은 온화한 마음으로 충만하여, 다른 사람들이 저주하는 곳에서 축복하고 다른 사람들이 미워하는 곳에서 사랑하게 될 것이다. 또 다른 사람들이 비난하는 곳에서 용서하고 다른 사람들이 싸우는 곳에서 양보하고 다른 사람들이 움켜쥐는 곳에서 포기하고 다른 사람들이 얻는 곳에서 잃게 될 것이다. 그리고 그들은 자신의 강함 속에서 약해질 것이며 당신은 약함 속에서 강해질 것이다. 그렇다. 당신은 강력히 우세하게 될 것이다. 변하지 않는 온화함이 없는 사람에게는 진리가 없다.

"그러므로 하늘이 어떤 사람을 구하고자 할 때는
그를 자비로 감싼다."

의로운 사람

의로운 사람은 무적이다. 어떤 적도 그를 도저히 이기거나 혼란시킬 수 없다. 그리고 의로운 사람은 자신의 성실성과 청렴결백이라는 보호 수단 외에 다른 어떤 보호 수단도 필요 없다.

악이 선을 이기는 것이 불가능하듯이, 불의한 사람은 결코 의로운 사람을 약하게 할 수 없다. 비방, 시기, 미움, 악의, 이런 것들은 의로운 사람에게 절대로 도달할 수 없고 어떤 고통도 일으킬 수 없다. 그리고 그를 해치려고 하는 사람들은 결국 그들 자신이 치

욕을 받게 될 뿐이다.

의로운 사람은 숨길 것이 전혀 없고, 몰래 해야 할 어떤 행동도 저지르지 않으며, 다른 사람이 알지 않기를 바라는 생각과 욕망은 조금도 마음속에 품지 않기 때문에 두려움이 없고 부끄러움을 모른다. 그의 발걸음은 안정되고 몸은 반듯하며 말은 솔직하고 모호하지 않다. 그는 누구를 대하든 얼굴을 똑바로 본다. 누구에게도 잘못을 저지르지 않은 사람이 어떻게 두려움을 나타낼 수 있겠는가? 아무도 속이지

않은 사람이 어떻게 부끄러움을 느낄 수 있겠는가?

그리고 그는 부당한 모든 행위를 그만두었기 때문에 다른 사람에게 결코 부당한 일을 당하지 않는다. 속임수를 절대로 쓰지 않기 때문에 남에게 속는 일도 있을 수 없다.

의로운 사람은 철저히 성실하게 모든 의무를 수행하고 죄를 초월해서 살기 때문에 상처를 입을 가능성이 없다. 마음속의 악덕들을 죽인 사람은 외부의 어떤 적 때문에 약해지는 일이 결코 있을 수 없다. 그는 외부의 적을 막을 보호수단을 찾지도 않는다. 의로움이 충분한 보호수단이기 때문이다.

불의한 사람

불의한 사람은 거의 모든 점에서 상처받기 쉽다. 자신의 격한 감정 가운데서 살아가고 편견, 충동, 그릇된 견해의 노예로 살기 때문에, 그는 끊임없이 (자신이 상상하듯이) 다른 사람들 때문에 고통을 겪는다. 다른 사람들의 비방, 공격, 비난은 그에게 큰 고통을 일으킨다. 그것들이 일리 있는 지적이기 때문이다.

의로움이라는 보호수단이 없기 때문에, 그는 보복과 불합리한 논의, 심지어는 속임수와 기만에 의지하여 자신을 정당화하고 보호하려 애쓴다.

부분적으로 의로운 사람은 그가 의로움에 미치지 못하는 모든 면에서 상처받기 쉽다. 의로운 사람이 자신의 의로움을 배반하고 하나의 죄라도 지으면, 무적의 상태는 사라진다. 그가 범죄로 인해 공격과 비난이 당연히 그에게 퍼부어져 상처를 입힐 수 있는 위치에 스스로 처했기 때문이다. 그가 먼저 스스로를 해친 것이다.

다른 사람 때문에 고통을 겪거나 상처를 입은 사람이 있다면 스스로를 돌아보게 하라. 그로 하여금 자기 연민과 자기 방어를 그만두게 하라. 그러면 자기 마음 안에서 모든 괴로움의 근원을 발견하게 될 것이다.

고난은 의로움에 도달할 수 없다

자기 마음 안에서 악의 근원을 끊어버린 의로운 사람에게는 어떤 나쁜 일도 일어날 수 없다. 오로지 선하게 살고, 생각과 말과 행위의 죄를 범하지 않기 때문에 그에게 일어나는 모든 일은 선하다. 어떤 사람이나 사건, 상황이 그에게 고통을 일으킬 수도 없다. 죄의 속박을 끊어버린 사람은 상황이나 환경에 휘둘릴 가능성이 철저히 없어졌기 때문이다.

괴로워하는 자들, 슬퍼하는 자들, 지친 자들, 마음이 상한 자들은 슬픔이 없는 피난처, 즉 영원한 평화의 안식처를 항상 찾는다. 그런 사람들로 하여금 의로운 삶이라는 피난처로 가게 하라. 그들이 죄 없는 상태라는 안식처로 지금 와서 들어가게 하라. 왜냐하면 슬픔은 의로운 사람을 압도할 수 없기 때문이다. 자신의 영적인 재산을 이기적 목적을 추구하는 데 낭비하지 않는 사람에게는 고난이 다가올 수 없다. 그리고 모든 사람에게 우호적인 마음을 진 사람은 피로감과 불안에 시달리는 법이 없다.

완전한 사랑

천국에 사는 빛의 자녀들은 우주를, 그리고 그 안에 포함된 모든 것을 사랑의 법이라는 한 법칙의 표현으로 본다. 그들은 사랑이 생명체든 무생물이든 모든 것 안에 있으면서 형상을 짓고, 유지하고, 보호하고 완성하는 힘이라고 생각한다. 그들에게 사랑은 생명의 한 규칙에 불과한 것이 아니라 생명의 법칙이고 생명 자체이다. 이것을 알기 때문에 그들은 삶 전체를 사랑에 따라 다스리고 그들 자신의 개성을 고려하지 않는다. 이렇게 최고 존재인 신성한 사랑

에 순종함으로써 그들은 사랑의 힘에 의식적으로 참여하는 자가 되고 그리하여 운명의 주인으로서 완벽한 자유에 도달한다.

우주가 보존되는 것은 사랑이 그 중심에 있기 때문이다. 사랑은 유일한 보존력이다. 마음속에 미움이 있을 때마다 사람은 사랑의 법칙이 잔인하다고 상상하지만, 그의 마음이 동정과 사랑으로 성숙해지면, 그 법칙이 무한한 친절임을 알아본다. 사랑의 법칙은 너무나 친절해서 인간이 자신의 무지로 인해 스스로

를 파괴하지 못하게 보호한다. 자신의 보잘것없는 개성에 부적절한 중요성을 부여함으로써 사랑의 법칙을 뒤엎으려는 미약한 노력을 하는 중에, 사람은 심한 일련의 고통을 스스로 초래하여 결국은 극심한 고통 속에서 지혜를 찾아 나설 수밖에 없게 된다. 지혜를 발견하면서 그는 사랑을 발견하고, 사랑을 그의 존재의 법칙으로, 우주의 법칙으로 알게 된다.

사랑은 벌하지 않는다. 사람은 자신의 미움에 의해, 스스로를 보존할 생명이 전혀 없는 악을 보존하려고 노력함으로써, 그리고 사랑을 뒤엎으려 노력함으로써, 스스로를 난폭하게 다룬다. 그러나 사랑은 생명의 실체이기 때문에 극복되거나 파괴될 수 없다. 화상을 입었을 때, 불을 비난하는가? 그러므로 고난을 당할 때는 자신 안에 어떤 무지나 불순종이 있는지 찾아보라.

사랑은 고통을 제거한다

사랑은 완전한 조화, 순수한 기쁨이다. 그러므로 어떤 고통의 요소도 그 안에 없다. 순수한 사랑에 일치하지 않는 생각이나 행동은 조금도 하지 말라. 그러면 괴로움을 겪는 일은 더 이상 없게 될 것이다. 사랑을 알고 그리하여 사랑의 불멸의 기쁨에 참여하고 싶은 사람이 있다면, 그는 마음으로 사랑을 실천해야 한다. 그는 사랑이 되어야 한다.

사랑의 정신으로 항상 행동하는 사람은 결코 버림받지 않고 궁지에 몰리거나 곤경에 빠지는 일도 결코 없다. 사랑(비개인적인 사랑)은 지식이면서 동시에 힘이기 때문이다. 사랑하는 방법을 배운 사람은 모든 어려움을 극복하는 방법을, 모든 실패를 성공으로 바꾸는 방법을, 모든 사건과 상황에 축복과 아름다움이란 옷을 입히는 방법을 배운 셈이다.

사랑에 이르는 길은 극기를 실천하는 것이다. 그 길을 여행하면서 사람은 계속 나아감에 따라 지식 가운데 인격을 쌓는다. 사랑에 도달하면 그는 자신이 획득한 신성한 힘의 권한으로, 육체와 정신을 완전히 소유하게 된다.

"완전한 사랑은 두려움을 몰아낸다." 사랑을 아는 것은 온 우주에 어떤 해로운 힘도 없음을 아는 것이다. 심지어는 세속적이고 신앙 없는 사람들이 도저히 극복할 수 없는 장애물로 여기는 죄 자체도 선善의 강력한 힘 앞에서는 움츠러들고 사라지는 매우 약하고 썩기 쉬운 것임이 드러난다. 완벽한 사랑은 악의가 전혀 없는 순수한 마음이다. 남에게 해를 끼치려는 생각과 욕망을 자기 마음 안에서 완전히 파괴한 사람은 우주의 보호를 받고, 자신이 무적의 존재임을 알게 된다.

완전한 사랑은 완전한 인내다. 분노와 성급함은 사랑과 공존할 수 없고 그 근처에 갈 수도 없다. 사랑은 사람이 쓰라린 일을 겪을 때마다 거룩함의 향기로 그것을 누그러뜨리고 시련을 성스러운 힘으로 변화시킨다. 사랑은 불평을 모른다. 사랑하며 사는 사람은 어떤 일에도 애통해하지 않고 모든 일과 상황을 거룩한 손님으로 받아들인다. 따라서 그는 항상 행복하고, 슬픔은 그를 덮치지 못한다.

완전한 사랑은 온전한 지혜이다

완전한 사랑은 완전한 신뢰다. 움켜쥐려는 욕망을 파괴시킨 사람은 상실의 공포감으로 고통스러워하는 일이 결코 없다. 손실과 이득은 둘다 그에게 의미가 없다. 그가 모든 사람에게 애정 깊은 마음자세를 확고히 유지하고, 자신의 의무를 수행하면서 끊임없이 사랑으로 충만한 활동을 추구할 때, 사랑은 그를 보호하고 그가 필요로 하는 모든 것을 언제나 충분히 공급해 준다.

완전한 사랑은 완전한 힘이다. 현명하게 애정 깊은 마음은 권위를 전혀 행사하지 않고도 명령한다. 모든 사물과 모든 사람은 최고 존재에게 순종하는 그에게 순종한다. 그는 생각한다. 그리고 보라! 그는 이미 성취했다. 그는 말한다. 보라! 세상이 그가 하는 모든 말에 의지한다. 그는 영원히 변하지 않는 최강의 힘들에 자기 생각을 일치시켰기 때문에, 그에게는 나약함이나 불확실성이 더 이상 없다. 그의 모든 생각은 목적이고 그의 모든 행위는 성취이다. 그는 위대한 법칙에 따라 움직이고 자신의 보잘것없는 개인적 의지로 그 법칙을 거스르지 않는다. 그리하여 그는 신성한 힘이 방해받지 않고 은혜롭게 표현되면서 흘러나올 수 있는 통로가 된다. 그래서 그는 힘 자체가 된다.

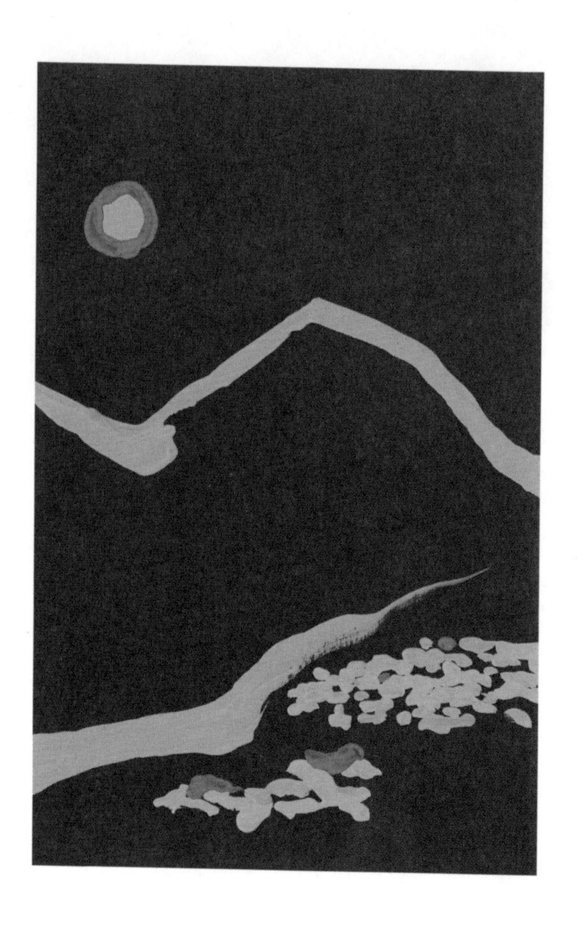

완전한 사랑은 완전한 지혜이다. 모든 것을 사랑하는 사람은 모든 것을 아는 사람이다. 그는 자기 마음에 관련된 교훈들을 철저히 배웠기 때문에 다른 사람의 마음이 겪는 일과 시련을 안다. 그래서 다른 사람에게 뻐기지 않고 친절하게 배려해 준다. 사랑은 지성에 빛을 비춘다. 사랑이 없으면 지성은 맹목적이고, 차갑고, 생명력이 없다. 사랑은 지성이 실패하는 곳에서 성공한다. 사랑은 지성이 보지 못하는 곳에서 본다. 사랑은 지성이 무지한 곳에서 안다. 이성은 오직 사랑 안에서 완성되고 결국 사랑에 흡수된다. 사랑은 우주에서 최고 실재Supreme Reality이고, 그러한 존재로서 사랑은 모든 진리를 속에 담고 있다.

사랑보다 더 완전한 것은 없다

무한한 부드러움은 우주를 포옹하고 소중히 기른다. 따라서 지혜로운 사람은 온유하고, 순진하고 다정하다. 그는 모든 피조물이 필요로 하는 한 가지가 사랑임을 알며, 사랑을 아낌없이 후하게 준다. 그는 모든 일에 사랑의 조화시키는 힘이 필요하다는 것을 알고 모진 생각과 행위를 그만둔다.

사랑의 눈에는 모든 것이 무수히 많은 복잡한 원인들로서가 아니라 영원한 원리들의 빛 안에서 드러난다. 모든 원인과 결과는 그 원리들에서 나오고 다시 그 안으로 되돌아간다. "하나님은 사랑이다" 그러므로 사랑보다 더 완전한 것은 없다. 순수한 지식을 발견하려는 사람은 먼저 순수한 사랑을 발견해야 한다.

완전한 사랑은 완전한 평화이다. 사랑과 함께 사는 사람은 슬픔으로 가득 찬 이승살이의 여행을 끝마친 사람이다. 고요한 정신과 평안한 마음으로 그는 슬픔의 그림자를 쫓아내고 불멸의 생명을 안다.

지식의 달인이 되고 싶으면 사랑의 달인이 되라. 최고의 경지에 도달하고 싶으면 사랑하는 마음과 측은히 여기는 마음을 끊임없이 계발하라.

완전한 자유

천국의 삶에는 어떤 속박도 없다. 거기엔 완전한 자유가 있다. 이것이 거룩한 삶의 위대한 영광이다. 이 최고의 자유는 오직 순종에 의해 얻어진다. 최고 존재에게 순종하는 사람은 최고 존재와 협력하며, 그럼으로써 자기 내부의 모든 힘과 외부의 모든 상황을 지배한다.

사람은 더 낮은 것을 선택하고 더 높은 것을 소홀히 할 수도 있다. 그러나 더 낮은 것은 더 높은 것을 결코 이기지 못한다. 여기에 자유의 계시가 있다. 더

높은 것을 선택하고 더 낮은 것을 버려라. 그러면 자신을 극복인overcomer으로 확립시키고 완전한 자유를 실현하게 될 것이다.

자기 좋을 대로 행동하는 것은 오직 노예 상태일 뿐이다. 자신을 극복하는 것이 유일한 자유이다. 자아에 사로잡힌 사람은 자신을 속박하는 굴레를 사랑하고, 소중히 간직해 온 기쁨을 빼앗길까 두려워서 속박을 끊어 버리지 않을 것이다. 그는 욕구 충족과 자랑거리에 집착하고, 그것들로부터 자유로워지는

것을 쓸데없고 바람직하지 못한 상태라고 생각한다. 그래서 그는 패배하고 스스로 노예가 된다.

자기 계발에 의해 완전한 자유가 발견된다. 사람은 자신에 대해, 자신의 욕망에 대해, 자신의 감정과 생각에 대해, 그리고 자신의 삶과 운명을 형성하는 내적 원인들에 대해 모른 채 있는 동안에는 자신을 통제하지도 이해하지도 못한다. 그는 걱정, 슬픔, 고통, 변화무쌍한 운명에 속박된 채 남아 있을 것이다. 완전한 자유의 나라는 지식의 문을 통과한 다음에 나타난다.

내적인 자유는 외적인 자유를 가져온다

모든 외적인 압제는 마음속에 있는 진짜 대립의 그림자이자 결과에 불과하다. 여러 세기 동안 압박 받는 자들은 자유를 소리높여 요구했고, 인간이 만든 수많은 법률들은 그들에게 자유를 주는 데 실패했다. 그들은 그들 자신에게만 자유를 줄 수 있다. 그들은 마음속에 새겨져 있는 신성한 법률에 순종할 때만 자유를 발견하게 될 것이다. 그들이 내적인 자유에 의지하게 하라. 그러면 압제의 그림자는 더 이상 세상을 어둡게 하지 못할 것이다. 사람들이 그들 자신을 억압하는 것을 멈추게 하라. 그러면 누구도 자기 형제를 억압하지 않게 될 것이다.

사람들은 외부적인 자유를 위해 법률을 제정하지만, 내적인 노예상태를 마음속에 품고 기르기 때문에 그러한 자유가 실현되는 것을 계속 불가능하게 만들고 있다. 그리하여 그들은 외부의 그림자를 추구하고 내부의 실체를 무시한다. 인간은 자아로부터 자유로워질 때 자유로워진다. 모든 외부적 형태의 속박과 압제는 인간이 자발적으로 격정, 그릇된 생각, 무지에 사로잡힌 노예가 되기를 그만둘 때 끊어질 것이다. 자유는 자유로운 자들의 것이다.

사람은 나약한 생각과 습관에 집착하고 있는 동안에는 힘을 가질 수 없다. 어둠을 사랑하는 동안에는 어떤 빛도 받을 수 없다. 속박을 더 좋아하는 한 어떤 자유도 누릴 수 없다. 힘, 빛, 그리고 자유는 바로 지금 가까이에 있고, 그것들을 사랑하고 열망하는 사람은 누구나 가질 수 있다. 자유는 연합 공격에 있지 않다. 이것은 그 반작용으로 연합 방어, 즉 전쟁, 미움, 당파 싸움, 자유의 파괴를 항상 낳기 때문이다. 자유는 각 개인의 자기 극복에 있다. 인류 해방은 각 개인의 자기 노예화 때문에 좌절되고 억제된다. 사람들과 하나님께 자유를 소리높여 요구하는 그대여, 그대 자신을 해방시켜라!

자유는 의무를 회피하지 않는다

천국의 자유는 격정으로부터, 갈망으로부터, 의견으로부터, 육신의 포악한 압제로부터, 지성intellect의 압제로부터 벗어난 자유이다. 이 자유를 먼저 얻으면, 그 결과로 모든 외부적 자유를 얻게 된다.

마음속에서 시작되어 외부로 퍼져 나가 한 사람 전체를 둘러싸는 자유는 모든 짜증나는 속박을 끊어버릴 정도로 완전하고 포괄적이며 완전한 해방이다. 당신의 영혼을 모든 죄에서 해방시켜라. 그러면 두려움 속에 사는 노예들의 세상 한가운데서 자유롭고 두려움 없는 사람으로 걷게 될 것이다. 당신을 보고 많은 노예들이 용기를 내서 당신의 영광스러운 자유에 함께 참여하게 될 것이다.

"내게 주어진 세상의 의무가 지겨워요. 그것을 버리고 은둔생활을 할 거예요. 거기서 난 공기처럼 자유롭게 될 겁니다"라고 말하고, 그런 식으로 자유를 얻을 생각을 하는 사람은 오직 더 힘든 노예상태에 처한 자신을 발견하게 될 것이다. 자유라는 나무는 의무에 그 뿌리를 두고 있다. 자유라는 나무의 달콤한 열매를 따려고 하는 사람은 의무에서 기쁨을 발견해야 한다.

자아에서 벗어난 사람은 유쾌하고 침착하며 모든 임무를 수행할 준비가 되어 있다. 지루함과 싫증은 그의 마음속에 들어갈 수 없다. 그리고 그의 신성한 힘이 모든 짐을 가볍게 하기에 의무의 무게가 느껴지지 않는다. 그는 속박에 얽매인 채 의무로부터 도망치지 않는다. 그는 속박을 깨부수고 자유롭게 산다.

당신 자신을 순수하게 만들라. 당신 자신이 나약함과 유혹과 죄에 결코 넘어가지 않는 경지에 도달하게 하라. 전세계가 간절히 찾고 있지만 찾지 못하는 그 완전한 자유를 당신은 오직 자신의 마음과 정신 속에서만 발견하게 될 것이기 때문이다.

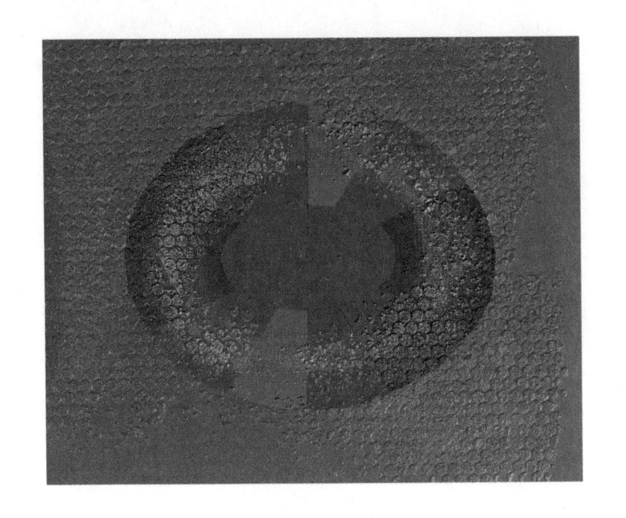

위대함, 단순함,
그리고 선함

선함goodness, 단순함simplicity, 위대함greatness, 이 세 가지 완전한 덕의 삼위일체는 분리될 수 없다. 모든 위대함은 선함에서 나오고 모든 선함은 극히 단순하다. 선함이 없이는 어떤 위대함도 없다. 어떤 사람들은 빗발치는 눈사태와 같은 파괴적인 힘으로써 세상을 살다 간다. 그러나 그들은 위대하지 않다. 그들이 위대하지 못한 것은 눈사태가 산에 아무 영향을 미치지 못하는 것과 같다. 위대한 일은 영원히 남고 다른 것들을 보존하는 힘이 있으며 결코 폭력적이거나

파괴적이지 않다. 가장 위대한 영혼들은 가장 온유하다.

위대함은 결코 주제넘게 나서지 않는다. 위대함은 결코 인정받기를 바라지 않고 조용히 일한다. 그래서 위대함은 쉽게 눈에 띄거나 인정받지 못한다. 위대함은 마치 산처럼 웅대하게 우뚝 솟아 있다. 산 가까이 살면서 산이 제공하는 보호와 그늘을 누리는 사람은 산의 웅대함을 보지 못한다. 오직 멀리 떨어져서 볼 때만 산의 장엄한 위엄을 볼 수 있다. 위대한

사람은 동시대인들이 알아보지 못한다. 그의 위대한 모습은 그가 죽은 다음에야 드러난다. 이것은 멀리서 볼 때 느끼는 경외심과 매력이다.

대부분의 사람들은 집이나 나무, 땅 같은 사소한 것들에 열중한다. 소수의 사람들만 자기들이 그 기슭에서 살고 있는 산을 바라보고, 더 소수의 사람만 산을 탐험할 시도를 한다. 그러나 멀리서 보면 이런 사소한 것들은 사라지고 산의 고독한 아름다움이 눈에 들어온다. 인기, 요란한 과시, 천박한 겉꾸밈, 이런 천박함은 신속히 사라지고 어떤 지속적인 흔적도 남기지 않는다. 반면에 위대함은 알려지지 않은 곳에서 서서히 나타나 영원히 지속된다.

모든 천재성은 비개인적인 진리이다

유대의 랍비와 대중들은 모두 예수의 신성한 아름다움을 보지 못했다. 그들은 무식한 목수를 보았을 뿐이다. 호머는 그를 아는 주변 사람들에게 눈먼 거지였을 뿐이지만 수세기 후에 그는 불멸의 시인으로 드러난다. 스트랫포드의 한 농부로만 알려졌던 셰익

스피어는 죽은 지 이백 년 후에야 사람들이 그의 진면목을 알아보게 되었다. 모든 진정한 천재성은 비개인적이다. 진정한 천재성은 그것을 나타내는 사람에게 속한 것이 아니고, 모든 사람에게 속한 것이다. 그것은 순수한 진리, 즉 모든 인류에게 내려오는 천국의 빛이 퍼뜨려진 것이다.

천재들의 모든 작품은, 어떤 예술 분야이든지 간에, 비개인적인 진리의 상징적 표현이다. 그것들은 보편적이며 모든 시대와 모든 민족의 모든 마음 속에서 응답을 발견한다. 이에 미치지 못하는 작품은 천재적이라 할 수 없고 위대한 것이 아니다. 종교를 변호하는 행위는 결국 사라진다. 살아남는 것은 종교이다. 불멸성에 관한 이론들은 언젠가는 사라진다. 그러나 불멸의 인간은 계속 살아남는다. 진리에 대한 논평은 결국 먼지로 변한다. 그러나 진리는 홀로 남는다. 진실한 것을 표현하는 예술만이 참된 예술이다. 삶 속에서는 보편적으로 그리고 영원히 참된 것만이 위대하다. 진리는 선이다. 그리고 선은 진리이다.

모든 불후의 업적은 인간의 마음속에 있는 영원한

선에서 생겨난 것이고 그 업적은 선의 감미롭고 꾸밈없는 단순성으로 빛난다. 가장 위대한 예술은 자연처럼 꾸밈이 없다. 그것은 어떤 기교도 어떤 겉치레도 어떤 의도적인 노력도 모른다. 셰익스피어의 작품에는 어떤 무대 묘기도 없다. 그는 가장 단순한 극작가이기에 가장 위대한 극작가이다. 비평가들은 위대함의 지혜로운 단순성을 이해하지 못하기 때문에 가장 고상한 작품을 항상 비난한다. 그들은 유치한 것과 순진한 것을 구별할 수 없다. 진리, 아름다움, 위대함은 항상 순진하고 영원하게 새롭고 젊다.

위대함은 선하고 항상 단순하다

위대한 사람은 항상 선한 사람이다. 그는 항상 단순하다. 그는 마음속에 있는 신성한 선의 무진장한 원천에서 힘과 지혜를 끌어내고 그 안에서 산다. 그는 거룩한 경지에서 살아간다. 즉 이미 죽은 위대한 성인들과 교제하고 신神과 함께 산다. 그는 천국의 공기를 들이쉬고 내쉰다.

위대해지려는 사람은 먼저 선해지는 법을 배워야

한다. 선한 사람이 되면 위대함을 추구하지 않음으로써 위대한 사람이 될 것이다. 위대함을 목표로 삼으면 무無에 도달하게 된다. 무를 목표로 삼음으로써 사람은 위대함에 도달한다. 위대해지고 싶은 욕망은 작은 마음, 개인적 허영심, 오만함의 표시이다. 세상 사람들의 주목으로부터 기꺼이 사라지려는 마음, 자아 확대의 욕구가 전혀 없는 것이 위대함의 증거이다.

마음이 작은 사람은 권위를 추구하고 사랑한다. 위대함은 결코 강압적이지 않다. 그리고 그것에 의해 위대함은 후세 사람들이 의지하는 권위가 된다. 애써 구하는 사람은 잃는다. 기꺼이 잃으려고 하는 사람은 모든 사람을 얻는다. 당신의 단순한 자아가 되라. 당신의 보다 나은 자아, 당신의 비개인적 자아가 되라. 그리고 보라! 당신은 위대한 사람이다! 이기적으로 권위를 추구하는 사람은 널리 인정받은 위대한 사람의 등 뒤에서 보호를 받으려 하며 벌벌 떠는 변호자가 되는 데 성공할 뿐이다.

어떤 개인적 권위도 바라지 않고 모든 인류의 종이 되려는 사람은 단순하게 살 것이고 위대한 사람으로 불릴 것이다.

"당신 삶의 단순하고 고결한 영역 속에 거하라,
당신의 마음에 순종하라, 그러면 당신은 다시 황금시대를
재현할 것이다."

당신의 작은 자아를 잊고 보편적 자아Universal self에 의지하라. 그러면 당신은 수많은 아름다운 경험을, 활기 있고 오래 지속되는 형태로 재현하게 될 것이다. 당신은 자신 속에서 위대함이라는 단순한 선을 발견하게 될 것이다.

당신의 보잘것없는 자아를 버려라

"보잘것없는 사람이 되는 것이 쉬운 만큼 위대한 사람이 되는 것도 쉽다"라고 에머슨은 말했다. 그는 심오한 진리를 말했다. 자아를 잊는 것은 위대함의 전부이다. 그것은 마치 자아 잊음이 선함과 행복의 전부인 것과 같다. 자아를 잊는 아주 짧은 순간에 가장 보잘것없는 영혼이 위대해진다. 그 순간을 무한

히 늘려 나가라. 그러면 위대한 영혼, 위대한 삶이 존재하게 된다. 당신의 개성(당신의 사소한 갈망, 허영심, 그리고 야망)을 무가치한 옷처럼 던져 버리고, 당신 영혼의 애정 깊은, 동정심이 많은, 사심 없는 영역 속에 거하라. 그러면 당신은 더 이상 작은 사람이 아니라 위대한 사람이다.

개인적인 권위를 주장하면 사람은 보잘것없는 상태로 떨어진다. 그러나 선을 실천하면 사람은 위대한 상태로 올라간다. 보잘것없는 사람의 뻔뻔함이 얼마동안 위대한 자의 겸손을 덮어 가릴 수도 있지만 결국 그 뻔뻔함은 위대한 자의 겸손에 의해 삼켜져 사라진다. 마치 시끄러운 강물이 고요한 바다 속에서 조용해지듯이 말이다.

무지의 야비함과 지식의 교만은 둘 다 사라져야 한다. 그 둘의 무가치함은 똑같다. 그것들은 선善의 영혼과는 아무런 관계도 없다. 당신이 무지하거나 교만하다면 당신은 선의 영혼과는 아무 관계도 없을 수밖에 없다. 당신은 정보를 지식으로 착각하지 말아야 한다. 당신은 자신을 순수한 인식pure knowledge으로 알아야 한다. 당신은 학식과 지혜를 혼동하지 말

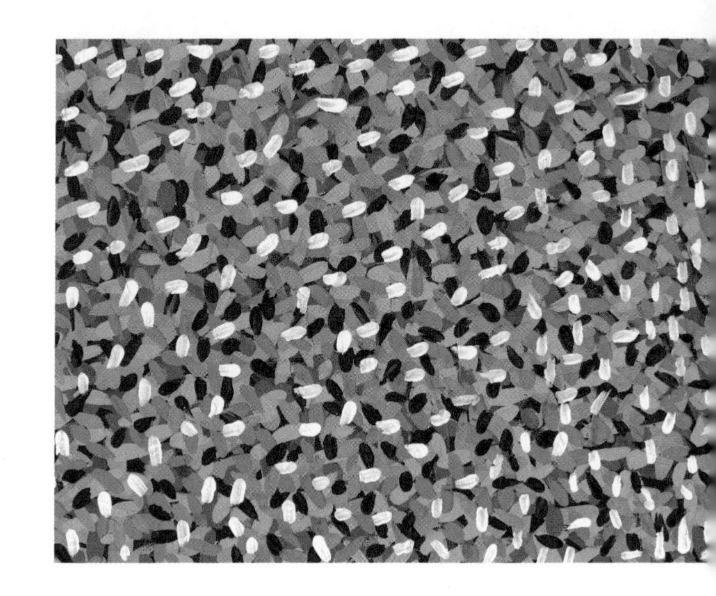

아야 한다. 당신은 자신을 깨끗하고 순수한 지혜로 생각해야 한다.

당신은 무엇을 하고 싶은가?

당신은 깊은 감동과 의미를 주는 책을 쓰고 싶은가? 당신은 먼저 삶을 경험해야 한다. 당신은 다양한 경험이라는 신비스러운 의복을 걸쳐야 하고, 즐거움과 고난, 기쁨과 슬픔, 승리와 패배를 겪으면서 어떤 책도 그리고 어떤 선생도 당신에게 가르쳐 줄 수 없는 것을 배워야 한다. 당신은 경험 많은 사람이 되어야 한다. 당신은 삶에 관해 깊은 안목을 갖추어야 한다. 그리고 나서 당신의 책을 써라. 그러면 그 책은 당신이 죽은 뒤에도 계속 남게 될 것이다. 그것은 하나의 책 이상의 것이 될 것이다. 당신의 책이 먼저 당신 안에 살게 하라. 그러면 당신은 당신의 책 속에서 살 것이다.

오래도록 사람들의 마음을 사로잡을 조각상을 만들고 싶은가? 또는 영원히 남을 그림을 그리고 싶은가? 당신은 먼저 당신 속에 있는 신성한 아름다움을 충분히 이해해야 한다. 당신은 보이지 않는 아름다움을 이해하고 숭배해야 한다. 당신은 형상Form의 영혼인 영원한 원리들을 알아야 한다. 생명의, 존재의, 우주의 비길 데 없는 균형과 조화 그리고 완전한 비율을 알아보아야 한다. 영원히 참된 것을 이렇게 알아봄으로써, 당신은 말로 표현할 수 없을 만큼 아름다운 것을 조각하거나 그릴 것이다.

불후의 시를 쓰고 싶은가? 당신은 먼저 당신의 시를 몸소 살아야 한다. 당신은 율동적으로 생각하고 행동해야 한다. 당신 마음의 사랑 깊은 장소에서 결코 마르지 않는 영감靈感의 원천을 발견해야 한다. 그러면 노력 없이도 불후의 시가 당신으로부터 흘러나올 것이다. 숲과 들판에 있는 꽃들이 자연적으로 피어나듯이 아름다운 생각들이 당신의 마음속에서 자라나게 될 것이고, 그 생각들의 아름다움을 표현하는 단어 속에 담겨져 사람들의 마음을 아름다움으로 정복할 것이다.

당신은 세상을 기쁘게 하고 향상시킬 그런 음악을 작곡하고 싶은가? 당신은 천국의 화음에 자신의 영혼을 맞추어야 한다. 당신 자신이 음악이라는 것을,

생명과 우주가 음악이라는 것을 당신은 알아야 한다. 당신은 생명이라는 악기를 연주해야 한다. 당신은 음악이 어디에나 있다는 것을, 음악이 존재의 중심Heart of Being이라는 것을 알아야 한다. 그러면 당신은 불멸의 교향악을 영적인 귀로 듣게 될 것이다.

깊은 감동과 의미를 주는 말을 사람들에게 설교하고 싶은가? 당신은 자신을 버리고 그 말이 되어야 한다. 당신은 한 가지 사실을 알아야 한다. 그것은 사람의 마음이 선하고 신성하다는 것이다. 당신은 한 가지 것, 즉 사랑을 실천하며 살아야 한다. 당신은 어떤 악도 보지 않고 어떤 악도 생각하지 않고 어떤 악도 믿지 않으면서 모든 존재를 사랑해야 한다. 그러면 당신이 말을 거의 하지 않더라도 당신의 모든 행동은 강력한 영향력을 발휘할 것이고 당신이 하는 모든 말은 사람들에게 교훈이 될 것이다. 당신은 순수한 생각과 사심없는 행위라는 모범을 통해, 비록 그것이 사람들의 눈에 띄지 않더라도, 향상의 꿈을 가진 후세의 많은 영혼들에게 당신의 뜻을 전하게 될 것이다.

모든 것을 희생하면서 선을 택한 사람에게는 모든

것 이상이면서 모든 것을 포함하는 것이 주어진다. 그는 최상의 것을 소유하게 되며, 최고 존재와 교제하고 위대한 영혼들과 사귀게 된다.

흠 없고 세련되고 완전한 위대함은 모든 기교를 초월한다. 그것은 완전한 선의 표현이다. 그러므로 가장 위대한 영혼들은 언제나 스승들이다.

마음속의 천국

마음이 순수할 때 삶의 고난도 멈춘다. 마음이 신성한 법칙과 조화를 이루면 고난의 수레바퀴가 멈추고, 모든 일이 즐거운 활동으로 변화한다. 순수한 마음을 가진 사람은 들판의 백합과도 같다. 백합은 수고하지 않아도 모든 선의 보고인 자연으로부터 필요한 영양분을 섭취한다. 그렇다고 해서 백합이 무기력한 것은 아니다. 백합은 끊임없이 동화작용을 하면서 땅과 대기와 태양으로부터 영양분을 끌어낸다. 내부에 있는 신성한 힘에 의해, 백합은 세포를 하나

하나 스스로 만들어 내고, 햇빛에 자신을 노출시켜, 완벽한 꽃의 모양으로 점점 자라난다.

이기적 의지를 포기하고, 신성한 의지와 협력하는 방법을 배운 사람의 경우도 마찬가지다. 그는 근심 없이, 그리고 알력과 고생 없이, 품위와 덕과 아름다움을 늘려 나간다. 그는 헛된 일을 하지 않으며, 소모적인 행동도 없다. 그가 하는 모든 생각과 행위와 일은 신성한 목적에 도움이 되며, 인류의 행복을 증진시키는 데 기여한다.

천국은 마음속에 있다. 자신의 내부에서 천국을 찾기 전까지는 바깥 세상의 어느 곳에서도 천국을 찾지 못한다. 어디를 가든 자신의 생각과 욕망이 동행하기 때문이다. 자신이 거주하고 있는 생활 환경이 아무리 아름답다 해도, 마음속에 죄가 있다면, 바깥 세상에도 어둠과 우울함이 있을 것이다. 죄는 영혼이 가는 길에 어두운 그림자를, 슬픔의 그림자를 드리우기 때문이다.

천국은 여기에 있고 어디에나 있다

세상은 아름답다. 신비하고 놀랍도록 아름답다. 세상에는 아름답고 경이로운 것들이 셀 수도 없이 많다. 그러나 죄로 뒤덮힌 정신에게는, 세상이 어둡고 쓸쓸한 곳으로 보인다. 격정과 이기심이 있는 곳에는 지옥이 있다. 거기에는 지옥의 고통이 가득하다. 신성함과 사랑이 있는 곳에는 천국이 있다. 거기에는 천국의 기쁨이 가득하다.

천국은 바로 여기에 있다. 천국은 또한 어디에나 있다. 순수한 마음을 가진 사람에게는 모든 곳이 천국이다. 온 우주가 기쁨으로 가득하지만, 죄에 갇힌 마음은 기쁨을 볼 수도, 들을 수도, 함께 나눌 수도 없다. 어느 누구도 자기 의지와 상관없이 천국으로부터 밀려나는 것이 아니다. 각자가 스스로를 천국으로부터 차단시킨 것이다. 천국의 문은 영원히 열려 있다. 그러나 이기적인 사람은 그 문을 찾을 수 없다. 이기적인 사람은 슬퍼하지만 보지 못하고, 울부짖지만 듣지 못한다. 오직 천국다운 것에 시선을 돌리고 천국의 소리에 귀기울이는 사람들에게만 천국의 입구가 나타나며, 그들은 안으로 들어가는 기쁨을 누린다.

마음이 올바르면, 신성한 사랑의 감미로운 화음에 마음을 맞추면, 삶 전체가 기쁨이 된다. 삶이 종교이고 종교는 삶이며, 모든 것이 기쁨이고 즐거움이다. 기쁨, 음악, 아름다움, 이것들이야말로 진정한 사물의 질서에 속하며, 우주의 본질적인 특성을 이루는 것들이다. 또한 삶이라는 신성한 옷은 이것들을 재료로 해서 만들어진다. 순수한 종교는 우울함이 아니라 기쁨이다. 어둠이나 그림자가 없는 빛인 것이다.

낙담, 실망, 슬픔, 이런 것들은 즐거운 흥분, 이기

주의, 욕망이 반사되어 나타난 모습이다. 흥분과 이기주의, 욕망을 버려라. 그러면 낙담, 실망, 슬픔이 사라질 수밖에 없고 천국의 완전한 행복만 남는다.

천국이 당신의 집이다

풍요롭고 순수한 행복이 사람의 참된 삶이다. 완전한 행복은 사람이 마땅히 누려야 할 몫이다. 잘못된 삶을 벗어나 참된 것을 찾으면 자신의 정신세계 전체를 완전히 소유하게 된다. 천국은 마음의 고향이다. 천국은 지금 여기에 있으며 자신의 마음속에 있다. 천국을 찾고자 한다면, 방향을 안내하는 이정표는 언제든지 발견할 수 있다. 모든 이의 슬픔과 고통은 성스러운 원천, 모든 선, 하나님 아버지, 사랑의 마음으로부터 스스로 멀리 떠난 결과이다. 마음의 고향으로 돌아가라. 평화가 기다리고 있을 것이다.

천국의 마음을 가진 사람은 죄가 없기 때문에 슬픔과 고통이 없다. 천국의 마음을 가진 사람은 세속적인 마음을 가진 사람이 고생으로 여기는 것을 사랑과 지혜로 행할 즐거운 일로 여긴다. 괴로움은 지옥에 속하는 것으로, 천국에는 들어오지 않는다.

이 사실은 너무 단순해서 이상하게 보이지 않는다. 당신이 걱정거리를 가지고 있다면 그것은 당신의 마음속에 있으며 다른 어디에도 없다. 당신이 그것을 만들었을 뿐 그것이 당신을 위해 만들어진 것은 아니다. 그것은 당신의 일 속에 있지 않다. 그것은 외부적인 상황 속에 있지 않다. 당신이 그것을 만든 장본인이고 그 걱정거리는 오직 당신으로부터 생명을 얻는다. 당신의 모든 어려움을 배워야 할 교훈으로 받아들이고, 정신적 성장의 밑거름으로 간주하라. 그리하면 그것들은 더 이상 어려움이 아니다. 천국으로 가는 길목의 하나일 뿐이다.

사랑의 마법

모든 것을 행복과 즐거움으로 변화시키는 것, 이것이야말로 천국의 마음을 가진 자의 일이자 의무이다. 모든 것을 불행과 손실로 몰아가는 것, 이는 세속적인 마음을 가진 자가 자기도 모르게 좇는 과정이다. 사랑 안에서 살면 기쁨 안에서 일하게 된다. 사랑은 모든 것을 힘과 아름다움으로 바꾸는 마술이다. 사랑은 가난으로부터 풍요를, 나약함으로부터 힘을, 추한 모습으로부터 사랑스러움을, 쓰라림으로부터 감미로움을, 어둠으로부터 빛을 만들어내며, 사랑의 풍요롭고 견실한 본질, 그러나 말로 표현할 수는 없는 그 본질로부터 온갖 행복한 상태를 만들어 낸다.

사랑을 하는 사람은 부족함을 모른다. 우주는 선善에 속하므로 선한 사람에게 선이 돌아간다. 모든 사람이 제한없이 넘치도록 풍성하게 선을 소유할 수도 있다. 선 자체가, 그리고 선의 부유함, 즉 물질적, 정신적, 영적 부富가 무진장하기 때문이다. 사랑의 느낌으로 생각하고, 말하고, 행동하라. 그러면 당신이 필요로 하는 모든 것이 공급될 것이며, 당신은 황량한 불모지를 걷지 않을 것이고 어떤 위험도 덮치지 못할 것이다.

사랑은 깨끗하고 순수한 시선으로 바라보며, 정확한 판단력으로 판단하며, 지혜롭게 행동한다. 사랑의 눈으로 바라보라. 그러면 당신은 어디서나 아름다움과 진리를 보게 될 것이다. 사랑의 마음으로 판단하라. 그러면 잘못을 범하지 않을 것이며 다른 이의 마음을 아프게 하는 일도 없을 것이다. 사랑의 정신으로 행동하라. 그러면 당신은 삶이라는 하프로 영원한 화음을 연주하게 될 것이다.

자신의 이기심과 타협하지 말라. 당신의 전 존재가 사랑으로 감싸질 때까지 노력을 멈추지 말라. 모든 존재를 항상 사랑하는 것, 이는 최상의 천국이다.

"지극히 아름답고 지극히 온유한 것만 당신 마음속에 남겨두고 그 외에는 모두 버려라. 그리하면 당신 인격의 매력으로 모든 것이 아름다워지고 부드러워질 것이다."

당신이 하는 모든 일을 고요한 지혜를 가지고 행하도록 하라. 욕망이나 충동, 세상의 평판에 따라 행동하지 말라. 이것이 천국의 행동 방식이다.

어떤 흠도 남지 않을 때까지 당신의 정신세계를 정화하라. 그러면 육체를 지니고 사는 동안에도 천국의 경지에 오르게 된다. 그때는 바깥 세계의 사물들이 온갖 아름다운 형태를 지니고 있음을 보게 될 것이다. 우리 자신 내부에서 성스러운 아름다움을 발견하고 나면, 외부에 존재하는 모든 것들도 갑자기 성스러운 아름다움을 보이기 시작한다. 아름다운 영혼에게는 전세계가 아름답게 보인다.

지옥은 천국을 위한 준비 단계이다

미성숙한 영혼은 아직 피어나지 않은 꽃에 불과하다. 완벽한 아름다움은 그 영혼의 내부에 숨겨져 있으며, 언젠가는 천국의 빛 속에 모습을 드러내게 된다. 이렇게 사람들을 보면서 우리는 악이 없고 선만 바라보는 곳에 서게 된다. 여기에는 사랑의 평화와 인내와 아름다움이 있다. 사랑은 어떤 악도 보지 않는다. 그러므로 사랑을 하는 사람은 모든 사람들을 보호하는 사람이 된다. 무지 때문에 사람들이 그를 미워할지라도, 그는 그들을 감싸고 사랑한다.

꽃이 하루 만에 피지 않는다고 해서 자신이 키우는 꽃들을 꾸짖는 바보 같은 정원사가 있겠는가? 사랑하는 법을 배워라. 그리하면 모든 영혼에게서, 심지어 타락했다는 영혼들에게서도 그들 안에 있는 성스러운 아름다움을 보게 될 것이다. 그리고 그 아름다움이 때가 되면 결국 반드시 모습을 드러낼 것임을 알게 될 것이다. 이것이 천국의 비전 중 하나이며, 이것으로부터 기쁨이 샘솟는다.

죄, 슬픔, 고난, 이것들은 아직 꽃을 피우지 못한 영혼이 빛을 찾아 어둠 속에서 더듬거리는 상태와 같다. 당신 영혼의 꽃잎을 피우고 영광스러운 빛이 흘러들게 하라.

죄 많은 모든 영혼들은 불협화음과 같다. 그러나 그런 영혼들도 결국에는 완벽한 화음을 연주하여, 천국의 즐거운 멜로디를 울려 퍼지게 할 것이다.

지옥은 천국으로 가기 위한 준비 단계이다. 완벽해진 영혼이 살 수 있는 아름다운 저택은 폐허가 된 지옥 집의 파편으로 만들어진 것이다.

밤은 세상이 던지는 덧없는 그림자이며, 슬픔은 이기심 때문에 생기는 일시적 그늘일 뿐이다. "햇빛 속으로 나오라". 오, 독자여 이것을 알라! 당신은 신성神性한 존재다. 당신은 스스로 믿지 않을 뿐 신성에서 떨어져 있지 않다. 일어나라, 신의 아들이여! 그리고 당신을 속박하는 죄의 악몽을 떨쳐 버려라. 당신이 물려받은 유산, 즉 하늘의 왕국을 받아들여라! 더 이상 독약과도 같은 그릇된 믿음으로 당신의 영혼을

취하게 하지 말라. 당신이 스스로 선택하지 않는 이상 당신은 "흙 속에 사는 벌레" 같은 존재가 아니다.

천국은 당신 속에 있다

당신은 신성하고 불멸이며, 신적인 존재로 태어났다. 만약 당신이 탐구하고 찾는다면 그 사실을 알 수도 있다. 더 이상 불순하고 천박한 생각에 집착하지 말라. 그러면 자신이 순수하고 사랑스러운 생각으로 가득 찬 빛나는 거룩한 영이라는 것을 알게 될 것이다. 불행, 죄, 그리고 슬픔은 당신이 그것들을 삶의 몫으로 받아들이지 않는다면 당신 몫이 되지 않는다. 당신이 그렇게 받아들인다면, 그후부터 그것들은 당신 운명이 될 것이다. 왜냐하면 이런 것들은 당신 영혼의 상태와 떨어져 있지 않기 때문이다. 그것들은 당신이 어디를 가든지 따라다닐 것이다. 그것들은 당신 마음속에만 존재한다.

지옥이 아닌 천국이 이 세상에서 그리고 항상 당신의 몫이다. 천국을 얻으려면 당신에게 속한 것을 당신이 갖기만 하면 된다. 당신은 주인이고, 그러므로 누구를 섬길 것인지는 당신이 선택한다. 당신은 자신이 처하는 상태를 만드는 사람이고 당신의 선택이 당신의 상태를 결정한다. 당신은 기도하고 구하는 것을 받을 것이다. 그러나 입으로만 구하는 것이 아닌 정신과 마음으로 구하는 것을 받게 될 것이다. 당신은 남을 섬기는 대로 섬김을 받는다. 당신은 스스로 결정하는 조건 대로의 처지에 놓이게 된다. 당신은 뿌린 대로 거둔다.

천국은 당신의 것이다. 당신은 천국에 들어가서 소유물을 갖기만 하면 된다. 천국은 최고의 행복, 완전한 행복을 의미한다. 거기엔 더 이상 바랄 것도, 더 이상 슬퍼할 것도 없다. 천국은 지금 그리고 이 세상에서 느끼는 완전한 만족이다. 천국은 당신 안에 있다. 그리고 당신이 이 사실을 모른다면, 당신의 영혼이 고집스럽게 천국에 등을 돌리고 있기 때문이다. 돌아서라. 그러면 천국을 보게 될 것이다.

와서 당신 존재의 햇빛 속에서 살라. 마음속의 어두운 그림자와 컴컴한 곳에서 나오라. 당신은 행복을 위해 만들어졌다. 당신은 천국의 자녀다. 순수, 지혜, 사랑, 풍요로움, 기쁨과 평화, 이것들이 천국의 영원한 현실Realities이다. 그리고 그것들은 당신의 것이다. 하지만 죄 속에 있으면 그것들을 가질 수 없다. 그것들은 어둠의 세계와 아무 관계도 없다. 그것들은 "세상에 사는 모든 사람들을 비추는 빛", 결백한 사랑의 빛에 속한다. 그것들은 당신이 모든 불순함을 버릴 준비가 되었을 때 당신 영혼 속에 태어나게 될 거룩한 아기 그리스도의 천성이다. 그것들이 당신의 진정한 자아이다.

그러나 놀랄 만큼 멋진 기쁨의 아이를 안전하게 낳은 영혼을 가진 사람은 세상의 고통을 잊지 않는다.